Henry James

CW01507774

Daisy Miller: A Study
Daisy Miller: Un estudio

Texto paralelo bilingüe
Bilingual edition

Ingles - Español
English - Spanish

texto en español, traducido del inglés por Guillermo Tirelli

ROSETTA EDU

Título original: *Daisy Miller: A Study*

Primera publicación: 1879

Primera edición: Diciembre 2023

Publicado por Rosetta Edu
Londres, Diciembre 2023
www.rosettaedu.com

ISBN: 978-1-916939-34-9

Daisy Miller: A Study
Daisy Miller: Un estudio

Rosetta Edu
Ediciones bilingües

Páginas enfrentadas
Páginas enfrentadas de la traducción y texto original en libros impresos.

Párrafos alineados en libros impresos
En libros impresos, los párrafos alineados entre los dos idiomas facilitan la comparación y la comprensión, ahorrando la necesidad de referirse constantemente al diccionario.

Párrafos enlazados en libros electrónicos
En libros electrónicos la comparación y la comprensión son facilitadas por citas al pie colocadas al principio de cada párrafo enlazando el texto en el idioma original y su traducción.

Integridad y fidelidad
Traducciones íntegras, fieles y no abreviadas del texto original.

Cuidado del vocabulario
Traducciones especiales para ediciones bilingües, con especial cuidado por la hegemonía de vocabulario utilizando glosarios en el proceso de traducción.

Contexto educativo
Ediciones enfocadas a estudiantes intermedios y avanzados del idioma original del texto en libros coleccionables y aptos para el contexto educativo.

INDICE

PART I

At the little town of Vevey, in Switzerland, there is a particularly comfortable hotel. There are, indeed, many hotels, for the entertainment of tourists is the business of the place, which, as many travelers will remember, is seated upon the edge of a remarkably blue lake—a lake that it behooves every tourist to visit. The shore of the lake presents an unbroken array of establishments of this order, of every category, from the "grand hotel" of the newest fashion, with a chalk-white front, a hundred balconies, and a dozen flags flying from its roof, to the little Swiss pension of an elder day, with its name inscribed in German-looking lettering upon a pink or yellow wall and an awkward summerhouse in the angle of the garden. One of the hotels at Vevey, however, is famous, even classical, being distinguished from many of its upstart neighbors by an air both of luxury and of maturity. In this region, in the month of June, American travelers are extremely numerous; it may be said, indeed, that Vevey assumes at this period some of the characteristics of an American watering place. There are sights and sounds which evoke a vision, an echo, of Newport and Saratoga. There is a flitting hither and thither of "stylish" young girls, a rustling of muslin flounces, a rattle of dance music in the morning hours, a sound of high-pitched voices at all times. You receive an impression of these things at the excellent inn of the "Trois Couronnes" and are transported in fancy to the Ocean House or to Congress Hall. But at the "Trois Couronnes," it must be added, there are other features that are much at variance with these suggestions: neat German waiters, who look like secretaries of legation; Russian princesses sitting in the garden; little Polish boys walking about held by the hand, with their governors; a view of the sunny crest of the Dent du Midi and the picturesque towers of the Castle of Chillon.

I hardly know whether it was the analogies or the differences that were uppermost in the mind of a young American, who, two or three years ago, sat in the garden of the "Trois Couronnes," looking about him, rather idly, at some of the graceful objects I have mentioned. It was a beautiful summer morning, and in whatever fashion the young American looked at things, they must have seemed to him charming. He had come from Geneva the day before by the little steamer, to see his aunt, who was staying at the hotel—Geneva having been for a long time his place of residence. But his aunt had a headache—his

PRIMERA PARTE

En la pequeña ciudad de Vevey, en Suiza, hay un hotel particularmente confortable. De hecho, hay muchos hoteles, ya que el entretenimiento de los turistas es el negocio del lugar, que, como muchos viajeros recordarán, está asentado a orillas de un lago notablemente azul —un lago que a todo turista le corresponde visitar—. La orilla del lago presenta un conjunto ininterrumpido de establecimientos de este orden, de todas las categorías, desde el «gran hotel» de última moda, con una fachada blanca como la tiza, cien balcones y una docena de banderas ondeando en su tejado, hasta la pequeña pensión suiza de antaño, con su nombre inscrito en letras de aspecto alemán sobre una pared rosa o amarilla y una torpe casa de verano en el ángulo del jardín. Uno de los hoteles de Vevey, sin embargo, es famoso, incluso clásico, distinguiéndose de muchos de sus novatos vecinos por un aire tanto de lujo como de madurez. En esta región, en el mes de junio, los viajeros americanos son extremadamente numerosos; puede decirse, en efecto, que Vevey asume en este periodo algunas de las características de un abrevadero americano. Hay paisajes y sonidos que evocan una visión, un eco, de Newport y Saratoga. Hay un ir y venir de jovencitas «elegantes», un susurro de volantes de muselina, un traqueteo de música de baile en las horas de la mañana, un sonido de voces agudas a todas horas. Uno recibe una impresión de esto en la excelente posada de las «Trois Couronnes» y se transporta en fantasía a la Ocean House o al Palacio de Congresos. Pero en el «Trois Couronnes», hay que añadir, hay otras características que están muy en desacuerdo con estas sugerencias: pulcros camareros alemanes, que parecen secretarios de legación; princesas rusas sentadas en el jardín; pequeños niños polacos paseando cogidos de la mano, con sus niñeras; una vista de la soleada cresta del Dent du Midi y las pintorescas torres del Castillo de Chillon.

Apenas sé si eran las analogías o las diferencias lo que primaba en la mente de un joven americano que, hace dos o tres años, estaba sentado en el jardín de las «Trois Couronnes», mirando a su alrededor, más bien ociosamente, algunos de los objetos llenos de gracia que he mencionado. Era una hermosa mañana de verano, y fuera cual fuera la forma en que el joven americano miraba las cosas, debieron parecerle encantadoras. Él había venido de Ginebra el día anterior en el pequeño vapor, para ver a su tía, que se alojaba en el hotel —Ginebra había sido durante mucho tiempo su lugar de residencia—. Pero a su tía le dolía la cabe-

aunt had almost always a headache—and now she was shut up in her room, smelling camphor, so that he was at liberty to wander about. He was some seven-and-twenty years of age; when his friends spoke of him, they usually said that he was at Geneva "studying." When his enemies spoke of him, they said—but, after all, he had no enemies; he was an extremely amiable fellow, and universally liked. What I should say is, simply, that when certain persons spoke of him they affirmed that the reason of his spending so much time at Geneva was that he was extremely devoted to a lady who lived there—a foreign lady—a person older than himself. Very few Americans—indeed, I think none—had ever seen this lady, about whom there were some singular stories. But Winterbourne had an old attachment for the little metropolis of Calvinism; he had been put to school there as a boy, and he had afterward gone to college there—circumstances which had led to his forming a great many youthful friendships. Many of these he had kept, and they were a source of great satisfaction to him.

After knocking at his aunt's door and learning that she was indisposed, he had taken a walk about the town, and then he had come in to his breakfast. He had now finished his breakfast; but he was drinking a small cup of coffee, which had been served to him on a little table in the garden by one of the waiters who looked like an attache. At last he finished his coffee and lit a cigarette. Presently a small boy came walking along the path—an urchin of nine or ten. The child, who was diminutive for his years, had an aged expression of countenance, a pale complexion, and sharp little features. He was dressed in knickerbockers, with red stockings, which displayed his poor little spindle-shanks; he also wore a brilliant red cravat. He carried in his hand a long alpenstock, the sharp point of which he thrust into everything that he approached—the flowerbeds, the garden benches, the trains of the ladies' dresses. In front of Winterbourne he paused, looking at him with a pair of bright, penetrating little eyes.

"Will you give me a lump of sugar?" he asked in a sharp, hard little voice—a voice immature and yet, somehow, not young.

Winterbourne glanced at the small table near him, on which his coffee service rested, and saw that several morsels of sugar remained.

za —a su tía casi siempre le dolía la cabeza— y ahora estaba encerrada en su habitación, oliendo alcanfor, de modo que él tenía libertad para deambular. Tenía unos veintisiete años; cuando sus amigos hablaban de él, solían decir que estaba en Ginebra «estudiando». Cuando sus enemigos hablaban de él, decían... pero, al fin y al cabo, no tenía enemigos; era alguien extremadamente amable y universalmente querido. Lo que debo decir es, simplemente, que cuando ciertas personas hablaban de él, afirmaban que la razón de que pasara tanto tiempo en Ginebra era que era extremadamente devoto de una dama que vivía allí —una dama extranjera—, una persona mayor que él. Muy pocos estadounidenses —de hecho, creo que ninguno— habían visto nunca a esta dama, sobre la que se contaban historias singulares. Pero Winterbourne sentía un antiguo apego por la pequeña metrópoli del calvinismo; de niño había ido allí a la escuela y después a la universidad... circunstancias que le habían llevado a entablar un gran número de amistades juveniles. Muchas de ellas las había conservado, y eran para él una fuente de gran satisfacción.

Tras llamar a la puerta de su tía y enterarse de que estaba indispuesta, había dado un paseo por la ciudad y luego había ido a desayunar. Ahora había terminado su desayuno; pero estaba bebiendo una pequeña taza de café, que le había servido en una mesita del jardín uno de los camareros que parecía un agregado. Por fin terminó su café y encendió un cigarrillo. De pronto, un niño pequeño se acercó caminando por el sendero... un niño de nueve o diez años. El niño, diminuto para su edad, tenía una expresión envejecida en el semblante, una tez pálida y rasgos pequeños y afilados. Iba vestido con pantalones de montar, con medias rojas, que mostraban sus pobres manitas de carretero; también llevaba un brillante corbatón rojo. Llevaba en la mano un largo bastón alpino, cuya afilada punta clavaba en todo aquello a lo que se acercaba: los parterres, los bancos del jardín, las colas de los vestidos de las damas. Se detuvo frente a Winterbourne, mirándole con un par de ojillos brillantes y penetrantes.

«¿Me daría un terrón de azúcar?», preguntó con una vocecita aguda y dura —una voz inmadura y, que sin embargo, de algún modo, no era joven—.

Winterbourne echó un vistazo a la mesita que tenía cerca, sobre la que descansaba su servicio de café, y vio que quedaban varios trocitos

"Yes, you may take one," he answered; "but I don't think sugar is good for little boys."

This little boy stepped forward and carefully selected three of the coveted fragments, two of which he buried in the pocket of his knickerbockers, depositing the other as promptly in another place. He poked his alpenstock, lance-fashion, into Winterbourne's bench and tried to crack the lump of sugar with his teeth.

"Oh, blazes; it's har-r-d!" he exclaimed, pronouncing the adjective in a peculiar manner.

Winterbourne had immediately perceived that he might have the honor of claiming him as a fellow countryman. "Take care you don't hurt your teeth," he said, paternally.

"I haven't got any teeth to hurt. They have all come out. I have only got seven teeth. My mother counted them last night, and one came out right afterward. She said she'd slap me if any more came out. I can't help it. It's this old Europe. It's the climate that makes them come out. In America they didn't come out. It's these hotels."

Winterbourne was much amused. "If you eat three lumps of sugar, your mother will certainly slap you," he said.

"She's got to give me some candy, then," rejoined his young interlocutor. "I can't get any candy here—any American candy. American candy's the best candy."

"And are American little boys the best little boys?" asked Winterbourne.

"I don't know. I'm an American boy," said the child.

"I see you are one of the best!" laughed Winterbourne.

"Are you an American man?" pursued this vivacious infant. And then, on Winterbourne's affirmative reply—"American men are the best," he declared.

de azúcar. «Sí, puedes tomar uno», respondió; «pero no creo que el azúcar sea buena para los niños pequeños».

Este niño se adelantó y seleccionó cuidadosamente tres de los codiciados fragmentos, dos de los cuales enterró en el bolsillo de sus pantalones de montar, depositando el otro con la misma prontitud en otro lugar. Clavó su bastón alpino, a modo de lanza, en el banco de Winterbourne e intentó romper el terrón de azúcar con los dientes.

«¡Oh, rayos; es du... ro!», exclamó, pronunciando el adjetivo de una manera peculiar.

Winterbourne percibió de inmediato que podía tener el honor de reclamarlo como compatriota. «Ten cuidado de no hacerte daño en los dientes», le dijo, paternalmente.

«No tengo dientes que dañar. Se me han caído todos. Sólo tengo siete dientes. Mi madre los contó anoche y uno se cayó justo después. Dijo que me abofetearía si se me caía alguno más. No puedo evitarlo. Es esta vieja Europa. Es el clima lo que hace que se caigan. En América no se caían. Son estos hoteles».

A Winterbourne le hizo mucha gracia. «Si te comes tres terrones de azúcar, seguro que tu madre te dará una bofetada», le dijo.

«Ella tiene que darme un caramelo, entonces», se regocijó su joven interlocutor. «No puedo conseguir ningún caramelo aquí... ningún caramelo americano. Los caramelos americanos son los mejores caramelos».

«¿Y los niños americanos son los mejores niños?», preguntó Winterbourne.

«No lo sé. Soy un niño americano», dijo el niño.

«¡Veo que tú eres uno de los mejores!», rió Winterbourne.

«¿Es usted un hombre americano?», prosiguió este vivaracho infante. Y entonces, ante la respuesta afirmativa de Winterbourne, declaró: «Los hombres americanos son los mejores».

His companion thanked him for the compliment, and the child, who had now got astride of his alpenstock, stood looking about him, while he attacked a second lump of sugar. Winterbourne wondered if he himself had been like this in his infancy, for he had been brought to Europe at about this age.

"Here comes my sister!" cried the child in a moment. "She's an American girl."

Winterbourne looked along the path and saw a beautiful young lady advancing. "American girls are the best girls," he said cheerfully to his young companion.

"My sister ain't the best!" the child declared. "She's always blowing at me."

"I imagine that is your fault, not hers," said Winterbourne. The young lady meanwhile had drawn near. She was dressed in white muslin, with a hundred frills and flounces, and knots of pale-colored ribbon. She was bareheaded, but she balanced in her hand a large parasol, with a deep border of embroidery; and she was strikingly, admirably pretty. "How pretty they are!" thought Winterbourne, straightening himself in his seat, as if he were prepared to rise.

The young lady paused in front of his bench, near the parapet of the garden, which overlooked the lake. The little boy had now converted his alpenstock into a vaulting pole, by the aid of which he was springing about in the gravel and kicking it up not a little.

"Randolph," said the young lady, "what *are* you doing?"

"I'm going up the Alps," replied Randolph. "This is the way!" And he gave another little jump, scattering the pebbles about Winterbourne's ears.

"That's the way they come down," said Winterbourne.

"He's an American man!" cried Randolph, in his little hard voice.

The young lady gave no heed to this announcement, but looked

Su compañero le agradeció el cumplido, y el niño, que ahora se había montado en su bastón alpino, se quedó mirando a su alrededor, mientras atacaba un segundo terrón de azúcar. Winterbourne se preguntó si él mismo había sido así en su infancia, ya que había sido traído a Europa más o menos a esa edad.

«¡Aquí viene mi hermana!», gritó el niño en un momento. «Es una muchacha americana».

Winterbourne miró a lo largo del sendero y vio avanzar a una hermosa joven. «Las muchachas americanas son las mejores», dijo alegremente a su joven acompañante.

«¡Mi hermana no es la mejor!», declaró el niño. «Siempre me está soplando».

«Imagino que eso es culpa tuya, no de ella», dijo Winterbourne. Mientras tanto, la joven se había acercado. Iba vestida de muselina blanca, con cien volantes y volados, y nudos de cinta de color pálido. Llevaba la cabeza descubierta, pero en la mano balanceaba una gran sombrilla, con un intenso ribete bordado; y era llamativa, admirablemente bonita. «¡Qué bonitas son!», pensó Winterbourne, enderezándose en su asiento, como si se dispusiera a levantarse.

La joven se detuvo frente a su banco, cerca del parapeto del jardín, que daba al lago. El pequeño había convertido ahora su bastón alpino en una pértiga de salto, con ayuda de la cual saltaba sobre la grava y la pateaba no poco.

«Randolph», dijo la joven, «¿qué *estás* haciendo?».

«Voy a subir a los Alpes», respondió Randolph. «¡Este es el camino!». Y dio otro pequeño salto, esparciendo los guijarros cerca de las orejas de Winterbourne.

«Por ahí bajan», dijo Winterbourne.

«¡Es un hombre americano!», gritó Randolph, con su vocecita dura.

La joven no prestó atención a este anuncio, sino que miró directa-

straight at her brother. "Well, I guess you had better be quiet," she simply observed.

It seemed to Winterbourne that he had been in a manner presented. He got up and stepped slowly toward the young girl, throwing away his cigarette. "This little boy and I have made acquaintance," he said, with great civility. In Geneva, as he had been perfectly aware, a young man was not at liberty to speak to a young unmarried lady except under certain rarely occurring conditions; but here at Vevey, what conditions could be better than these?—a pretty American girl coming and standing in front of you in a garden. This pretty American girl, however, on hearing Winterbourne's observation, simply glanced at him; she then turned her head and looked over the parapet, at the lake and the opposite mountains. He wondered whether he had gone too far, but he decided that he must advance farther, rather than retreat. While he was thinking of something else to say, the young lady turned to the little boy again.

"I should like to know where you got that pole," she said.

"I bought it," responded Randolph.

"You don't mean to say you're going to take it to Italy?"

"Yes, I am going to take it to Italy," the child declared.

The young girl glanced over the front of her dress and smoothed out a knot or two of ribbon. Then she rested her eyes upon the prospect again. "Well, I guess you had better leave it somewhere," she said after a moment.

"Are you going to Italy?" Winterbourne inquired in a tone of great respect.

The young lady glanced at him again. "Yes, sir," she replied. And she said nothing more.

"Are you—a—going over the Simplon?" Winterbourne pursued, a little embarrassed.

mente a su hermano. «Bueno, supongo que será mejor que te calles», observó simplemente.

A Winterbourne le pareció que había sido en cierto modo presentado. Se levantó y se acercó lentamente a la joven, tirando su cigarrillo. «Este muchachito y yo nos hemos conocido», dijo, con gran cortesía. En Ginebra, como él sabía perfectamente, un joven no tenía libertad para hablar con una joven soltera salvo en ciertas condiciones que se daban raramente; pero aquí, en Vevey, ¿qué condiciones podrían ser mejores que éstas? Una bonita muchacha americana que viene y se planta delante de uno en un jardín. Sin embargo, esta bonita muchacha americana, al oír la observación de Winterbourne, se limitó a mirarle; luego volvió la cabeza y miró por encima del parapeto, hacia el lago y las montañas de enfrente. Él se preguntó si había ido demasiado lejos, pero decidió que debía avanzar más, en lugar de retroceder. Mientras pensaba en algo más que decir, la joven se volvió de nuevo hacia el niño.

«Me gustaría saber de dónde has sacado ese palo», dijo.

«Lo compré», respondió Randolph.

«¿No querrás decir que te lo vas a llevar a Italia?».

«Sí, me lo voy a llevar a Italia», declaró el niño.

La joven echó un vistazo a la parte delantera de su vestido y alisó uno o dos nudos de la cinta. Luego volvió a posar sus ojos en la vista. «Bueno, supongo que será mejor que lo dejes en algún sitio», dijo al cabo de un momento.

«¿Va usted a Italia?», inquirió Winterbourne en un tono de gran respeto.

La joven volvió a mirarle. «Sí, señor», respondió. Y no dijo nada más.

«¿Va usted... a pasar... por el Simplón?», prosiguió Winterbourne, un poco avergonzado.

"I don't know," she said. "I suppose it's some mountain. Randolph, what mountain are we going over?"

"Going where?" the child demanded.

"To Italy," Winterbourne explained.

"I don't know," said Randolph. "I don't want to go to Italy. I want to go to America."

"Oh, Italy is a beautiful place!" rejoined the young man.

"Can you get candy there?" Randolph loudly inquired.

"I hope not," said his sister. "I guess you have had enough candy, and mother thinks so too."

"I haven't had any for ever so long—for a hundred weeks!" cried the boy, still jumping about.

The young lady inspected her flounces and smoothed her ribbons again; and Winterbourne presently risked an observation upon the beauty of the view. He was ceasing to be embarrassed, for he had begun to perceive that she was not in the least embarrassed herself. There had not been the slightest alteration in her charming complexion; she was evidently neither offended nor flattered. If she looked another way when he spoke to her, and seemed not particularly to hear him, this was simply her habit, her manner. Yet, as he talked a little more and pointed out some of the objects of interest in the view, with which she appeared quite unacquainted, she gradually gave him more of the benefit of her glance; and then he saw that this glance was perfectly direct and unshrinking. It was not, however, what would have been called an immodest glance, for the young girl's eyes were singularly honest and fresh. They were wonderfully pretty eyes; and, indeed, Winterbourne had not seen for a long time anything prettier than his fair countrywoman's various features—her complexion, her nose, her ears, her teeth. He had a great relish for feminine beauty; he was addicted to observing and analyzing it; and as regards this young lady's face he made several observations. It was not at all in-

«No lo sé», dijo ella. «Supongo que será alguna montaña. Randolph, ¿qué montaña vamos a atravesar?».

«¿Adónde vamos?», preguntó el niño.

«A Italia», explicó Winterbourne.

«No lo sé», dijo Randolph. «No quiero ir a Italia. Quiero ir a América».

«¡Oh, Italia es un lugar precioso!», replicó el joven.

«¿Se pueden conseguir caramelos allí?», preguntó Randolph en voz alta.

«Espero que no», dijo su hermana. «Creo que ya has comido suficientes caramelos, y mamá también lo piensa».

«No he tenido ninguno desde hace tanto tiempo... ¡desde hace cien semanas!», gritó el muchacho, todavía saltando.

La joven inspeccionó sus volantes y alisó de nuevo sus cintas; y Winterbourne se arriesgó a hacer una observación sobre la belleza del paisaje. Estaba dejando de sentirse avergonzado, pues había empezado a percibir que ella misma no lo estaba lo más mínimo. No se había producido la menor alteración en su encantadora tez; evidentemente no se sentía ni ofendida ni halagada. Si miraba hacia otro lado cuando él le hablaba, y parecía no escucharle especialmente, se trataba simplemente de su costumbre, de su manera de ser. Sin embargo, a medida que él hablaba un poco más y le señalaba algunos de los objetos de interés del paisaje, con los que ella parecía bastante poco familiarizada, poco a poco le fue concediendo más el beneficio de su mirada; y entonces él vio que esta mirada era perfectamente directa e inquebrantable. No era, sin embargo, lo que se habría llamado una mirada impúdica, pues los ojos de la joven eran singularmente honestos y frescos. Eran unos ojos maravillosamente bonitos; y, de hecho, Winterbourne no había visto en mucho tiempo nada más bonito que los diversos rasgos de su bella compatriota... su tez, su nariz, sus orejas, sus dientes. Él tenía un gran gusto por la belleza femenina; era adicto a observarla y analizarla; y en cuanto al rostro de esta joven hizo varias observaciones. No era en ab-

sipid, but it was not exactly expressive; and though it was eminently delicate, Winterbourne mentally accused it—very forgivingly—of a want of finish. He thought it very possible that Master Randolph's sister was a coquette; he was sure she had a spirit of her own; but in her bright, sweet, superficial little visage there was no mockery, no irony. Before long it became obvious that she was much disposed toward conversation. She told him that they were going to Rome for the winter—she and her mother and Randolph. She asked him if he was a "real American"; she shouldn't have taken him for one; he seemed more like a German—this was said after a little hesitation—especially when he spoke. Winterbourne, laughing, answered that he had met Germans who spoke like Americans, but that he had not, so far as he remembered, met an American who spoke like a German. Then he asked her if she should not be more comfortable in sitting upon the bench which he had just quitted. She answered that she liked standing up and walking about; but she presently sat down. She told him she was from New York State—"if you know where that is." Winterbourne learned more about her by catching hold of her small, slippery brother and making him stand a few minutes by his side.

"Tell me your name, my boy," he said.

"Randolph C. Miller," said the boy sharply. "And I'll tell you her name;" and he leveled his alpenstock at his sister.

"You had better wait till you are asked!" said this young lady calmly.

"I should like very much to know your name," said Winterbourne.

"Her name is Daisy Miller!" cried the child. "But that isn't her real name; that isn't her name on her cards."

"It's a pity you haven't got one of my cards!" said Miss Miller.

"Her real name is Annie P. Miller," the boy went on.

"Ask him *his* name," said his sister, indicating Winterbourne.

But on this point Randolph seemed perfectly indifferent; he con-

soluto insípido, pero no era precisamente expresivo; y aunque era eminentemente delicado, Winterbourne le reprochó mentalmente —con mucho perdón— una falta de acabado. Pensó que era muy posible que la hermana de Master Randolph fuera una coqueta; estaba seguro de que tenía un espíritu propio; pero en su pequeño rostro brillante, dulce y superficial no había burla ni ironía. Al poco tiempo se hizo evidente que estaba muy dispuesta a conversar. Le contó que iban a pasar el invierno en Roma, ella, su madre y Randolph. Ella le preguntó si él era un «americano de verdad»; no debería haberlo tomado por uno; parecía más bien un alemán —esto lo dijo después de dudar un poco—, especialmente cuando hablaba. Winterbourne, riendo, contestó que había conocido alemanes que hablaban como americanos, pero que no había conocido, que él recordara, a un americano que hablara como un alemán. Entonces le preguntó si no estaría más cómoda sentada en el banco que acababa de abandonar. Ella contestó que le gustaba estar de pie y pasear; pero en seguida se sentó. Le dijo que era del estado de Nueva York... «si usted sabe dónde queda eso». Winterbourne supo más de ella al agarrar a su pequeño y escurridizo hermano y hacerle permanecer unos minutos a su lado.

«Dime cómo te llamas, muchacho», dijo él.

«Randolph C. Miller», dijo bruscamente el chico. «Y yo le diré el nombre de ella»; y apuntó con su bastón alpino a su hermana.

«¡Será mejor que esperes a que te pregunten!», dijo tranquilamente esta joven.

«Me gustaría mucho saber su nombre», dijo Winterbourne.

«¡Se llama Daisy Miller!», gritó el muchacho. «Pero ése no es su verdadero nombre; ése no es su nombre en sus tarjetas».

«¡Es una pena que no tenga una de mis tarjetas!», dijo Miss Miller.

«Su verdadero nombre es Annie P. Miller», continuó el muchacho.

«Pregúntale *su* nombre», dijo su hermana, indicando a Winterbourne.

Pero sobre este punto Randolph parecía perfectamente indiferente;

tinued to supply information with regard to his own family. "My father's name is Ezra B. Miller," he announced. "My father ain't in Europe; my father's in a better place than Europe."

Winterbourne imagined for a moment that this was the manner in which the child had been taught to intimate that Mr. Miller had been removed to the sphere of celestial reward. But Randolph immediately added, "My father's in Schenectady. He's got a big business. My father's rich, you bet!"

"Well!" ejaculated Miss Miller, lowering her parasol and looking at the embroidered border. Winterbourne presently released the child, who departed, dragging his alpenstock along the path. "He doesn't like Europe," said the young girl. "He wants to go back."

"To Schenectady, you mean?"

"Yes; he wants to go right home. He hasn't got any boys here. There is one boy here, but he always goes round with a teacher; they won't let him play."

"And your brother hasn't any teacher?" Winterbourne inquired.

"Mother thought of getting him one, to travel round with us. There was a lady told her of a very good teacher; an American lady—perhaps you know her—Mrs. Sanders. I think she came from Boston. She told her of this teacher, and we thought of getting him to travel round with us. But Randolph said he didn't want a teacher traveling round with us. He said he wouldn't have lessons when he was in the cars. And we *are* in the cars about half the time. There was an English lady we met in the cars—I think her name was Miss Featherstone; perhaps you know her. She wanted to know why I didn't give Randolph lessons—give him 'instruction,' she called it. I guess he could give me more instruction than I could give him. He's very smart."

"Yes," said Winterbourne; "he seems very smart."

"Mother's going to get a teacher for him as soon as we get to Italy. Can you get good teachers in Italy?"

continuó proporcionando información con respecto a su propia familia. «Mi padre se llama Ezra B. Miller», anunció. «Mi padre no está en Europa; mi padre está en un lugar mejor que Europa».

Winterbourne imaginó por un momento que ésa era la forma en que se le había enseñado al muchacho a insinuar que Mr. Miller había sido trasladado a la esfera de la recompensa celestial. Pero Randolph añadió inmediatamente: «Mi padre está en Schenectady. Tiene un gran negocio. Mi padre es rico, ¡ya lo creo!».

«¡Vaya!», exclamó Miss Miller, bajando su sombrilla y mirando la orla bordada. Winterbourne soltó enseguida al muchacho, que se marchó arrastrando su bastón alpino por el sendero. «No le gusta Europa», dijo la joven. «Quiere volver».

«¿A Schenectady, quieres decir?».

«Sí; quiere irse directamente a casa. Aquí no tiene amigos varones. Hay un muchacho aquí, pero siempre va con un maestro; no le dejan jugar».

«¿Y su hermano no tiene ningún maestro?», inquirió Winterbourne.

«Mamá pensó en conseguirle uno, para que viajara con nosotros. Una dama le habló de una profesora muy buena; una dama americana —quizá la conozca—, Mrs. Sanders. Creo que venía de Boston. Ella le habló de este maestro, y pensamos en conseguir que viajara con nosotros. Pero Randolph dijo que no quería que un maestro viajara con nosotros. Dijo que no recibiría lecciones cuando estuviera en los coches. Y *estábamos* en los coches casi la mitad del tiempo. Hubo una dama inglesa que conocimos en los coches; creo que se llamaba Miss Featherstone; quizá usted la conozca. Quería saber por qué yo no le daba lecciones a Randolph —darle "instrucción", lo llamaba ella—. Supongo que él podría darme más instrucción a mí de la que yo podría darle a él. Es muy inteligente».

«Sí», dijo Winterbourne; «parece muy inteligente».

«Mamá va a conseguirle un maestro en cuanto lleguemos a Italia. ¿Se pueden conseguir buenos profesores en Italia?».

"Very good, I should think," said Winterbourne.

"Or else she's going to find some school. He ought to learn some more. He's only nine. He's going to college." And in this way Miss Miller continued to converse upon the affairs of her family and upon other topics. She sat there with her extremely pretty hands, ornamented with very brilliant rings, folded in her lap, and with her pretty eyes now resting upon those of Winterbourne, now wandering over the garden, the people who passed by, and the beautiful view. She talked to Winterbourne as if she had known him a long time. He found it very pleasant. It was many years since he had heard a young girl talk so much. It might have been said of this unknown young lady, who had come and sat down beside him upon a bench, that she chattered. She was very quiet; she sat in a charming, tranquil attitude; but her lips and her eyes were constantly moving. She had a soft, slender, agreeable voice, and her tone was decidedly sociable. She gave Winterbourne a history of her movements and intentions and those of her mother and brother, in Europe, and enumerated, in particular, the various hotels at which they had stopped. "That English lady in the cars," she said—"Miss Featherstone—asked me if we didn't all live in hotels in America. I told her I had never been in so many hotels in my life as since I came to Europe. I have never seen so many—it's nothing but hotels." But Miss Miller did not make this remark with a querulous accent; she appeared to be in the best humor with everything. She declared that the hotels were very good, when once you got used to their ways, and that Europe was perfectly sweet. She was not disappointed—not a bit. Perhaps it was because she had heard so much about it before. She had ever so many intimate friends that had been there ever so many times. And then she had had ever so many dresses and things from Paris. Whenever she put on a Paris dress she felt as if she were in Europe.

"It was a kind of a wishing cap," said Winterbourne.

"Yes," said Miss Miller without examining this analogy; "it always made me wish I was here. But I needn't have done that for dresses. I am sure they send all the pretty ones to America; you see the most frightful things here. The only thing I don't like," she proceeded, "is the society. There isn't any society; or, if there is, I don't know where it keeps itself. Do you? I suppose there is some society somewhere,

«Muy buenos, creo yo», dijo Winterbourne.

«O si no, buscará alguna escuela. Debería aprender algo más. Sólo tiene nueve años. Va a ir a la universidad». Y de este modo Miss Miller continuó conversando sobre los asuntos de su familia y sobre otros temas. Estaba sentada con sus manos extremadamente bonitas, ornamentadas con anillos muy brillantes, dobladas en su regazo, y con sus bonitos ojos que ahora se posaban en los de Winterbourne, ahora vagaban por el jardín, la gente que pasaba y la hermosa vista. Hablaba con Winterbourne como si le conociera desde hacía mucho tiempo. A él le pareció muy agradable. Hacía muchos años que no oía hablar tanto a una joven. Se podría haber dicho de esta joven desconocida, que había venido y se había sentado a su lado en un banco, que parloteaba. Estaba muy quieta; estaba sentada en una actitud encantadora y tranquila; pero sus labios y sus ojos se movían constantemente. Tenía una voz suave, delgada y agradable, y su tono era decididamente sociable. Le contó a Winterbourne la historia de sus movimientos e intenciones y los de su madre y su hermano, en Europa, y enumeró, en particular, los diversos hoteles en los que habían parado. «Esa señora inglesa de los coches», dijo, «Miss Featherstone, me preguntó si no vivíamos todos en hoteles en América. Le dije que nunca había estado en tantos hoteles en mi vida como desde que vine a Europa. Nunca había visto tantos; no hay más que hoteles». Pero Miss Miller no hizo esta observación con acento quejoso; parecía estar de muy buen humor con todo. Declaró que los hoteles estaban muy bien, una vez que te acostumbrabas a sus costumbres, y que Europa era perfectamente dulce. No se sintió decepcionada, ni un poco. Tal vez fuera porque había oído hablar mucho de Europa con anterioridad. Tenía tantos amigos íntimos que habían estado allí tantas veces. Y también había tenido tantos vestidos y cosas de París. Cada vez que se ponía un vestido de París se sentía como si estuviera en Europa.

«Era una especie de galera de los deseos», dijo Winterbourne.

«Sí», dijo Miss Miller sin examinar esta analogía; «siempre me hizo desear estar aquí. Pero no hacía falta que lo hiciera por los vestidos. Estoy segura de que envían todos los bonitos a América; aquí se ven las cosas más espantosas. Lo único que no me gusta», prosiguió, «es la sociedad. No hay ninguna sociedad; o, si la hay, no sé dónde se guarda. ¿Y usted? Supongo que habrá alguna sociedad en alguna parte, pero no

but I haven't seen anything of it. I'm very fond of society, and I have always had a great deal of it. I don't mean only in Schenectady, but in New York. I used to go to New York every winter. In New York I had lots of society. Last winter I had seventeen dinners given me; and three of them were by gentlemen," added Daisy Miller. "I have more friends in New York than in Schenectady—more gentleman friends; and more young lady friends too," she resumed in a moment. She paused again for an instant; she was looking at Winterbourne with all her prettiness in her lively eyes and in her light, slightly monotonous smile. "I have always had," she said, "a great deal of gentlemen's society."

Poor Winterbourne was amused, perplexed, and decidedly charmed. He had never yet heard a young girl express herself in just this fashion; never, at least, save in cases where to say such things seemed a kind of demonstrative evidence of a certain laxity of deportment. And yet was he to accuse Miss Daisy Miller of actual or potential *inconduite,* as they said at Geneva? He felt that he had lived at Geneva so long that he had lost a good deal; he had become dishabituated to the American tone. Never, indeed, since he had grown old enough to appreciate things, had he encountered a young American girl of so pronounced a type as this. Certainly she was very charming, but how deucedly sociable! Was she simply a pretty girl from New York State? Were they all like that, the pretty girls who had a good deal of gentlemen's society? Or was she also a designing, an audacious, an unscrupulous young person? Winterbourne had lost his instinct in this matter, and his reason could not help him. Miss Daisy Miller looked extremely innocent. Some people had told him that, after all, American girls were exceedingly innocent; and others had told him that, after all, they were not. He was inclined to think Miss Daisy Miller was a flirt—a pretty American flirt. He had never, as yet, had any relations with young ladies of this category. He had known, here in Europe, two or three women—persons older than Miss Daisy Miller, and provided, for respectability's sake, with husbands—who were great coquettes—dangerous, terrible women, with whom one's relations were liable to take a serious turn. But this young girl was not a coquette in that sense; she was very unsophisticated; she was only a pretty American flirt. Winterbourne was almost grateful for having found the formula that applied to Miss Daisy Miller. He leaned back in his seat; he remarked to himself that she had the most charming

he visto nada de ella. Me gusta mucho la sociedad, y siempre he tenido mucha. No me refiero sólo a Schenectady, sino también a Nueva York. Solía ir a Nueva York todos los inviernos. En Nueva York tuve mucha sociedad. El invierno pasado me invitaron a diecisiete cenas; y tres de ellas fueron por caballeros», añadió Daisy Miller. «Tengo más amigos en Nueva York que en Schenectady; más caballeros amigos; y también más damas amigas», reanudó en un momento. Volvió a detenerse un instante; estaba mirando a Winterbourne con toda su belleza en sus ojos vivaces y en su sonrisa ligera y levemente monótona. «Siempre he tenido», dijo, «mucha sociedad con caballeros».

El pobre Winterbourne estaba divertido, perplejo y decididamente encantado. Nunca había oído a una joven expresarse de aquella manera; nunca, al menos, salvo en casos en los que decir tales cosas parecía una especie de prueba demostrativa de cierta laxitud de comportamiento. Y sin embargo, ¿iba a acusar a Miss Daisy Miller de *inconduite* real o potencial, como decían en Ginebra? Sentía que había vivido tanto tiempo en Ginebra que había perdido bastante; se había deshabituado al tono americano. Nunca, de hecho, desde que había crecido lo suficiente como para apreciar las cosas, se había encontrado con una joven americana de un tipo tan pronunciado como éste. Ciertamente era muy encantadora, pero ¡cuánta sociabilidad! ¿Era simplemente una muchacha guapa del estado de Nueva York? ¿Eran todas así, las muchachas guapas que frecuentaban la sociedad de los caballeros? ¿O era también una joven maquinadora, audaz y sin escrúpulos? Winterbourne había perdido el instinto en este asunto, y su razón no podía ayudarle. Miss Daisy Miller parecía extremadamente inocente. Algunas personas le habían dicho que, después de todo, las muchachas americanas eran sumamente inocentes; y otras le habían dicho que, después de todo, no lo eran. Se inclinaba a pensar que Miss Daisy Miller era una coqueta, una bonita coqueta americana. Nunca, hasta el momento, había tenido relaciones con jovencitas de esa categoría. Había conocido, aquí en Europa, a dos o tres mujeres —personas mayores que Miss Daisy Miller, y provistas, por respetabilidad, de maridos— que fueran realmente coquetas... mujeres peligrosas, terribles, con las que las relaciones de uno podían tomar un cariz serio. Pero esta joven no era una coqueta en ese sentido; era muy poco sofisticada; sólo era una bonita coqueta americana. Winterbourne estaba casi agradecido por haber encontrado la fórmula que se aplicaba a Miss Daisy Miller. Se reclinó en su asiento; comentó para sí

nose he had ever seen; he wondered what were the regular conditions and limitations of one's intercourse with a pretty American flirt. It presently became apparent that he was on the way to learn.

"Have you been to that old castle?" asked the young girl, pointing with her parasol to the far-gleaming walls of the Château de Chillon.

"Yes, formerly, more than once," said Winterbourne. "You too, I suppose, have seen it?"

"No; we haven't been there. I want to go there dreadfully. Of course I mean to go there. I wouldn't go away from here without having seen that old castle."

"It's a very pretty excursion," said Winterbourne, "and very easy to make. You can drive, you know, or you can go by the little steamer."

"You can go in the cars," said Miss Miller.

"Yes; you can go in the cars," Winterbourne assented.

"Our courier says they take you right up to the castle," the young girl continued. "We were going last week, but my mother gave out. She suffers dreadfully from dyspepsia. She said she couldn't go. Randolph wouldn't go either; he says he doesn't think much of old castles. But I guess we'll go this week, if we can get Randolph."

"Your brother is not interested in ancient monuments?" Winterbourne inquired, smiling.

"He says he don't care much about old castles. He's only nine. He wants to stay at the hotel. Mother's afraid to leave him alone, and the courier won't stay with him; so we haven't been to many places. But it will be too bad if we don't go up there." And Miss Miller pointed again at the Château de Chillon.

"I should think it might be arranged," said Winterbourne. "Couldn't you get some one to stay for the afternoon with Randolph?"

mismo que ella tenía la nariz más encantadora que había visto nunca; se preguntó cuáles eran las condiciones y limitaciones habituales de las relaciones con una bonita coqueta americana. Enseguida se hizo evidente que estaba en vías de aprender.

«¿Ha estado en ese viejo castillo?», preguntó la joven, señalando con su sombrilla los lejanos y relucientes muros del Château de Chillon.

«Sí, hace mucho, más de una vez», dijo Winterbourne. «¿Usted también, supongo, lo ha visto?».

«No; no hemos estado allí. Tengo unas ganas terribles de ir allí. Claro que quiero ir allí. No me iría de aquí sin haber visto ese viejo castillo».

«Es una excursión muy bonita», dijo Winterbourne, «y muy fácil de hacer. Puede conducir o ir en el pequeño barco de vapor».

«Una puede ir en los coches», dijo Miss Miller.

«Sí; puede ir en los coches», asintió Winterbourne.

«Nuestro asistente dice que te llevan directamente al castillo», continuó la joven. «Íbamos a ir la semana pasada, pero mi madre se rindió. Sufre terriblemente de dispepsia. Dijo que no podía ir. Randolph tampoco quiso ir; dice que no le gustan mucho los castillos antiguos. Pero supongo que iremos esta semana, si convencemos a Randolph».

«¿A su hermano no le interesan los monumentos antiguos?», inquirió Winterbourne, sonriendo.

«Dice que no le importan mucho los castillos antiguos. Sólo tiene nueve años. Quiere quedarse en el hotel. Mamá tiene miedo de dejarlo solo, y el asistente no quiere quedarse con él; así que no hemos ido a muchos sitios. Pero estará muy mal si no vamos allí». Y Miss Miller señaló de nuevo el Château de Chillon.

«Creo que podría arreglarse», dijo Winterbourne. «¿No podría conseguir que alguien se quedara por la tarde con Randolph?».

Miss Miller looked at him a moment, and then, very placidly, "I wish *you* would stay with him!" she said.

Winterbourne hesitated a moment. "I should much rather go to Chillon with you."

"With me?" asked the young girl with the same placidity.

She didn't rise, blushing, as a young girl at Geneva would have done; and yet Winterbourne, conscious that he had been very bold, thought it possible she was offended. "With your mother," he answered very respectfully.

But it seemed that both his audacity and his respect were lost upon Miss Daisy Miller. "I guess my mother won't go, after all," she said. "She don't like to ride round in the afternoon. But did you really mean what you said just now—that you would like to go up there?"

"Most earnestly," Winterbourne declared.

"Then we may arrange it. If mother will stay with Randolph, I guess Eugenio will."

"Eugenio?" the young man inquired.

"Eugenio's our courier. He doesn't like to stay with Randolph; he's the most fastidious man I ever saw. But he's a splendid courier. I guess he'll stay at home with Randolph if mother does, and then we can go to the castle."

Winterbourne reflected for an instant as lucidly as possible—"we" could only mean Miss Daisy Miller and himself. This program seemed almost too agreeable for credence; he felt as if he ought to kiss the young lady's hand. Possibly he would have done so and quite spoiled the project, but at this moment another person, presumably Eugenio, appeared. A tall, handsome man, with superb whiskers, wearing a velvet morning coat and a brilliant watch chain, approached Miss Miller, looking sharply at her companion. "Oh, Eugenio!" said Miss Miller with the friendliest accent.

Miss Miller le miró un momento y luego, dijo muy plácidamente, «¡ojalá *usted* pudiera quedarse con él!».

Winterbourne dudó un momento. «Preferiría ir a Chillon con usted».

«¿Conmigo?», preguntó la joven con la misma placidez.

Ella no se levantó, ruborizada, como lo habría hecho una jovencita de Ginebra; y sin embargo Winterbourne, consciente de que había sido muy atrevido, pensó que era posible que se sintiera ofendida. «Con su madre», respondió muy respetuosamente.

Pero parecía que tanto su audacia como su respeto habían pasado desapercibidos para Miss Daisy Miller. «Supongo que mi madre no irá, después de todo», dijo. «A ella no le gusta pasear por la tarde. Pero, ¿realmente quería decir lo que acaba de decir: que le gustaría ir allí?».

«Con toda seriedad», declaró Winterbourne.

«Entonces podemos arreglarlo. Si mi madre se queda con Randolph, supongo que Eugenio también».

«¿Eugenio?», inquirió el joven.

«Eugenio es nuestro asistente de viajes. No le gusta quedarse con Randolph; es el hombre más fastidioso que he visto. Pero es un asistente espléndido. Supongo que se quedará en casa con Randolph si mamá lo hace, y entonces podremos ir al castillo».

Winterbourne reflexionó durante un instante con la mayor lucidez posible... «nosotros» sólo podía referirse a Miss Daisy Miller y a él mismo. Este programa le pareció casi demasiado agradable para creerlo; sintió como si debiera besar la mano de la joven. Posiblemente lo habría hecho y estropeado por completo el proyecto, pero en ese momento apareció otra persona, presumiblemente Eugenio. Un hombre alto y apuesto, con unos bigotes soberbios, vestido con un chaqué de terciopelo y una brillante cadena de reloj, se acercó a Miss Miller, mirando bruscamente a su acompañante. «¡Oh, Eugenio!», dijo Miss Miller con el acento más amistoso.

Eugenio had looked at Winterbourne from head to foot; he now bowed gravely to the young lady. "I have the honor to inform *mademoiselle* that luncheon is upon the table."

Miss Miller slowly rose. "See here, Eugenio!" she said; "I'm going to that old castle, anyway."

"To the Château de Chillon, *mademoiselle?*" the courier inquired. *"Mademoiselle* has made arrangements?" he added in a tone which struck Winterbourne as very impertinent.

Eugenio's tone apparently threw, even to Miss Miller's own apprehension, a slightly ironical light upon the young girl's situation. She turned to Winterbourne, blushing a little—a very little. "You won't back out?" she said.

"I shall not be happy till we go!" he protested.

"And you are staying in this hotel?" she went on. "And you are really an American?"

The courier stood looking at Winterbourne offensively. The young man, at least, thought his manner of looking an offense to Miss Miller; it conveyed an imputation that she "picked up" acquaintances. "I shall have the honor of presenting to you a person who will tell you all about me," he said, smiling and referring to his aunt.

"Oh, well, we'll go some day," said Miss Miller. And she gave him a smile and turned away. She put up her parasol and walked back to the inn beside Eugenio. Winterbourne stood looking after her; and as she moved away, drawing her muslin furbelows over the gravel, said to himself that she had the tournure of a princess.

He had, however, engaged to do more than proved feasible, in promising to present his aunt, Mrs. Costello, to Miss Daisy Miller. As soon as the former lady had got better of her headache, he waited upon her in her apartment; and, after the proper inquiries in regard to her health, he asked her if she had observed in the hotel an American family—a mamma, a daughter, and a little boy.

Eugenio había mirado a Winterbourne de pies a cabeza; ahora se inclinaba gravemente ante la joven. «Tengo el honor de informar a *mademoiselle* que el almuerzo está servido».

Miss Miller se levantó lentamente. «¡Mire, Eugenio!», dijo; «voy a ir a ese viejo castillo, de todos modos».

«¿Al Château de Chillon, *mademoiselle?*», inquirió el asistente. *«¿Mademoiselle* ha hecho los preparativos?», añadió en un tono que a Winterbourne le pareció muy impertinente.

Al parecer, el tono de Eugenio arrojaba, incluso para la propia aprehensión de Miss Miller, una luz ligeramente irónica sobre la situación de la joven. Se volvió hacia Winterbourne, ruborizándose un poco, muy poco. «¿No se echará atrás?», dijo ella.

«¡No seré feliz hasta que vayamos!», protestó él.

«¿Y usted se aloja en este hotel?», continuó ella. «¿Y usted es realmente americano?».

El asistente se quedó mirando a Winterbourne de forma ofensiva. El joven, al menos, pensó que su forma de mirar era una ofensa para Miss Miller; transmitía la imputación de que «ligaba» con conocidos. «Tendré el honor de presentarle a una persona que le contará todo sobre mí», dijo él, sonriendo y refiriéndose a su tía.

«Oh, bueno, ya iremos algún día», dijo Miss Miller. Le dedicó una sonrisa y se dio la vuelta. Se puso la sombrilla y caminó de vuelta a la posada junto a Eugenio. Winterbourne se quedó mirándola; y mientras ella se alejaba, dibujando sus volantes de muselina sobre la gravilla, se dijo que tenía los modales de una princesa.

Sin embargo, se había comprometido a hacer más de lo que resultaba factible, al prometer presentar a su tía, Mrs. Costello, a Miss Daisy Miller. Tan pronto como la dama se hubiera recuperado de su dolor de cabeza; él la esperó en su apartamento; y, tras las debidas averiguaciones respecto a su salud, le preguntó si había observado en el hotel a una familia americana: una mamá, una hija y un niño pequeño.

"And a courier?" said Mrs. Costello. "Oh yes, I have observed them. Seen them—heard them—and kept out of their way." Mrs. Costello was a widow with a fortune; a person of much distinction, who frequently intimated that, if she were not so dreadfully liable to sick headaches, she would probably have left a deeper impress upon her time. She had a long, pale face, a high nose, and a great deal of very striking white hair, which she wore in large puffs and *rouleaux* over the top of her head. She had two sons married in New York and another who was now in Europe. This young man was amusing himself at Hamburg, and, though he was on his travels, was rarely perceived to visit any particular city at the moment selected by his mother for her own appearance there. Her nephew, who had come up to Vevey expressly to see her, was therefore more attentive than those who, as she said, were nearer to her. He had imbibed at Geneva the idea that one must always be attentive to one's aunt. Mrs. Costello had not seen him for many years, and she was greatly pleased with him, manifesting her approbation by initiating him into many of the secrets of that social sway which, as she gave him to understand, she exerted in the American capital. She admitted that she was very exclusive; but, if he were acquainted with New York, he would see that one had to be. And her picture of the minutely hierarchical constitution of the society of that city, which she presented to him in many different lights, was, to Winterbourne's imagination, almost oppressively striking.

He immediately perceived, from her tone, that Miss Daisy Miller's place in the social scale was low. "I am afraid you don't approve of them," he said.

"They are very common," Mrs. Costello declared. "They are the sort of Americans that one does one's duty by not—not accepting."

"Ah, you don't accept them?" said the young man.

"I can't, my dear Frederick. I would if I could, but I can't."

"The young girl is very pretty," said Winterbourne in a moment.

"Of course she's pretty. But she is very common."

«¿Y un asistente?», dijo Mrs. Costello. «Oh sí, los he observado. Los he visto... escuchado... y me he apartado de su camino». Mrs. Costello era una viuda que poseía una fortuna; una persona muy distinguida, que con frecuencia daba a entender que, si no fuera tan terriblemente propensa a una enfermedad que le causaba dolores de cabeza, probablemente habría dejado una huella más profunda en su tiempo. Tenía una cara larga y pálida, una nariz alta y una gran cantidad de pelo blanco muy llamativo, que llevaba en grandes mechones y *rouleaux* sobre la parte superior de la cabeza. Tenía dos hijos casados en Nueva York y otro que ahora estaba en Europa. Este joven se divertía en Hamburgo y, aunque estaba de viaje, rara vez se le veía visitar alguna ciudad en particular en el momento seleccionado por su madre para aparecer allí. Su sobrino, que había ido a Vevey expresamente para verla, era por ello más atento que los que, como ella decía, estaban más cerca de ella. Se había impregnado en Ginebra de la idea de que siempre hay que ser atento con la tía. Mrs. Costello no le había visto desde hacía muchos años, y se mostró muy complacida con él, manifestando su aprobación al iniciarle en muchos de los secretos de ese influjo social que, según le dio a entender, ella ejercía en la capital americana. Admitió que era de excluir; pero, si él conociera Nueva York, vería que había que serlo. Y su imagen de la constitución minuciosamente jerárquica de la sociedad de aquella ciudad, que ella le presentó bajo muchas luces diferentes, era, para la imaginación de Winterbourne, casi opresivamente impactante.

Inmediatamente percibió, por su tono, que el lugar de Miss Daisy Miller en la escala social era bajo. «Me temo que no los aprueba», le dijo.

«Son muy comunes», declaró Mrs. Costello. «Son el tipo de americanos que uno cumple con su deber... no aceptándolos».

«Ah, ¿no los acepta?», dijo el joven.

«No puedo, mi querido Frederick. Lo haría si pudiera, pero no puedo».

«La joven es muy bella», dijo Winterbourne en un momento.

«Por supuesto que es bella. Pero es muy corriente».

"I see what you mean, of course," said Winterbourne after another pause.

"She has that charming look that they all have," his aunt resumed. "I can't think where they pick it up; and she dresses in perfection— no, you don't know how well she dresses. I can't think where they get their taste."

"But, my dear aunt, she is not, after all, a Comanche savage."

"She is a young lady," said Mrs. Costello, "who has an intimacy with her mamma's courier."

"An intimacy with the courier?" the young man demanded.

"Oh, the mother is just as bad! They treat the courier like a familiar friend—like a gentleman. I shouldn't wonder if he dines with them. Very likely they have never seen a man with such good manners, such fine clothes, so like a gentleman. He probably corresponds to the young lady's idea of a count. He sits with them in the garden in the evening. I think he smokes."

Winterbourne listened with interest to these disclosures; they helped him to make up his mind about Miss Daisy. Evidently she was rather wild. "Well," he said, "I am not a courier, and yet she was very charming to me."

"You had better have said at first," said Mrs. Costello with dignity, "that you had made her acquaintance."

"We simply met in the garden, and we talked a bit."

"Tout bonnement ! And pray what did you say?"

"I said I should take the liberty of introducing her to my admirable aunt."

"I am much obliged to you."

«Entiendo lo que quiere decir, por supuesto», dijo Winterbourne tras otra pausa.

«Tiene ese aspecto encantador que tienen todas», reanudó su tía. «Ni siquiera sé de dónde lo sacan; y viste a la perfección; no, no sabes lo bien que viste. Ni siquiera sé de dónde sacan su gusto».

«Pero, mi querida tía ella, no es, después de todo, una comanche salvaje».

«Es una joven», dijo Mrs. Costello, «que tiene una intimidad con el asistente de su mamá».

«¿Una intimidad con el asistente?», preguntó el joven.

«¡Oh, la madre es igual! Tratan al asistente como a un amigo conocido, como a un caballero. No me extrañaría que cenara con ellas. Es muy probable que nunca hayan visto a un hombre con tan buenos modales, tan bien vestido, tan parecido a un caballero. Probablemente corresponda a la idea que la joven tiene de un conde. Él se sienta con ellas en el jardín por la noche. Creo que fuma».

Winterbourne escuchó con interés estas revelaciones; le ayudaron a decidirse sobre Miss Daisy. Evidentemente era bastante salvaje. «Bueno», dijo, «yo no soy un asistente y, sin embargo, ella me resultó encantadora».

«Mejor hubieras dicho eso al principio», dijo Mrs. Costello con dignidad, «que la habías conocido».

«Simplemente nos encontramos en el jardín y hablamos un poco».

«*Tout bonnement!* Y, por favor, ¿qué le has dicho?».

«Le dije que me tomaría la libertad de presentarle a mi admirable tía».

«Te estoy muy agradecida».

"It was to guarantee my respectability," said Winterbourne.

"And pray who is to guarantee hers?"

"Ah, you are cruel!" said the young man. "She's a very nice young girl."

"You don't say that as if you believed it," Mrs. Costello observed.

"She is completely uncultivated," Winterbourne went on. "But she is wonderfully pretty, and, in short, she is very nice. To prove that I believe it, I am going to take her to the Château de Chillon."

"You two are going off there together? I should say it proved just the contrary. How long had you known her, may I ask, when this interesting project was formed? You haven't been twenty-four hours in the house."

"I have known her half an hour!" said Winterbourne, smiling.

"Dear me!" cried Mrs. Costello. "What a dreadful girl!"

Her nephew was silent for some moments. "You really think, then," he began earnestly, and with a desire for trustworthy information—"you really think that—" But he paused again.

"Think what, sir?" said his aunt.

"That she is the sort of young lady who expects a man, sooner or later, to carry her off?"

"I haven't the least idea what such young ladies expect a man to do. But I really think that you had better not meddle with little American girls that are uncultivated, as you call them. You have lived too long out of the country. You will be sure to make some great mistake. You are too innocent."

"My dear aunt, I am not so innocent," said Winterbourne, smiling and curling his mustache.

«Era para garantizar mi respetabilidad», dijo Winterbourne.

«¿Y quién garantizará la suya?».

«¡Ah, es usted cruel!», dijo el joven. «Es una joven muy agradable».

«No lo dices como si lo creyeras», observó Mrs. Costello.

«Es completamente inculta», continuó Winterbourne. «Pero es maravillosamente bella y, en resumen, es muy agradable. Para demostrar que lo creo, voy a llevarla al Château de Chillon».

«¿Van a ir juntos? Yo diría que eso ha demostrado todo lo contrario. ¿Puedo preguntarte cuánto tiempo hacía que la conocías cuando se formó este interesante proyecto? No llevabas ni veinticuatro horas en el lugar».

«¡La conozco desde hace media hora!», dijo Winterbourne, sonriendo.

«¡Caramba!», gritó Mrs. Costello. «¡Qué muchacha tan espantosa!».

Su sobrino guardó silencio unos instantes. «¿De verdad cree, entonces?», empezó a decir él con seriedad y con el deseo de obtener información fidedigna… «de verdad cree que…». Pero volvió a hacer una pausa.

«¿Creo qué, sir?», dijo su tía.

«¿Que es el tipo de jovencita que espera que un hombre, tarde o temprano, se la lleve?».

«No tengo la menor idea de lo que esas jovencitas esperan que haga un hombre. Pero realmente creo que sería mejor que tú no te metieras con jovencitas americanas incultas, como tú las llamas. Has vivido demasiado tiempo fuera del país. Seguro que cometes algún gran error. Eres demasiado inocente».

«Mi querida tía, no soy tan inocente», dijo Winterbourne, sonriendo y rizándose el bigote.

"You are guilty too, then!"

Winterbourne continued to curl his mustache meditatively. "You won't let the poor girl know you then?" he asked at last.

"Is it literally true that she is going to the Château de Chillon with you?"

"I think that she fully intends it."

"Then, my dear Frederick," said Mrs. Costello, "I must decline the honor of her acquaintance. I am an old woman, but I am not too old, thank Heaven, to be shocked!"

"But don't they all do these things—the young girls in America?" Winterbourne inquired.

Mrs. Costello stared a moment. "I should like to see my grand-daughters do them!" she declared grimly.

This seemed to throw some light upon the matter, for Winterbourne remembered to have heard that his pretty cousins in New York were "tremendous flirts." If, therefore, Miss Daisy Miller exceeded the liberal margin allowed to these young ladies, it was probable that anything might be expected of her. Winterbourne was impatient to see her again, and he was vexed with himself that, by instinct, he should not appreciate her justly.

Though he was impatient to see her, he hardly knew what he should say to her about his aunt's refusal to become acquainted with her; but he discovered, promptly enough, that with Miss Daisy Miller there was no great need of walking on tiptoe. He found her that evening in the garden, wandering about in the warm starlight like an indolent sylph, and swinging to and fro the largest fan he had ever beheld. It was ten o'clock. He had dined with his aunt, had been sitting with her since dinner, and had just taken leave of her till the morrow. Miss Daisy Miller seemed very glad to see him; she declared it was the longest evening she had ever passed.

"Have you been all alone?" he asked.

«¡Entonces tú también eres culpable!».

Winterbourne siguió rizándose el bigote meditativamente. «¿Entonces no dejará que la pobre muchacha le conozca?», preguntó él al fin.

«¿Es literalmente cierto que va al Château de Chillon contigo?».

«Creo que tiene toda la intención».

«Entonces, mi querido Frederick», dijo Mrs. Costello, «debo declinar el honor de conocerla. Soy una anciana, pero no demasiado, gracias al cielo, como para escandalizarme».

«¿Pero no hacen todas estas cosas, las jóvenes en América?», inquirió Winterbourne.

Mrs. Costello se quedó mirando un momento. «¡Me gustaría ver a mis nietas hacerlas!», declaró sombríamente.

Esto parecía arrojar algo de luz sobre el asunto, pues Winterbourne recordaba haber oído que sus bellas primas de Nueva York eran «tremendas coquetas». Por lo tanto, si Miss Daisy Miller superaba el liberal margen permitido a estas jóvenes, era probable que pudiera esperarse cualquier cosa de ella. Winterbourne estaba impaciente por volver a verla, y se fastidiaba consigo mismo de que, por instinto, no la apreciara en su justa medida.

Aunque estaba impaciente por verla, apenas sabía qué debía decirle sobre la negativa de su tía a conocerla; pero descubrió, con bastante prontitud, que con Miss Daisy Miller no había gran necesidad de andar en puntas de pie. Aquella noche la encontró en el jardín, deambulando bajo la cálida luz de las estrellas como una sílfide indolente, y balanceando de un lado a otro el abanico más grande que jamás había contemplado. Eran las diez. Él había cenado con su tía, estuvo sentado con ella desde la cena y acababa de despedirse de ella hasta mañana. Miss Daisy Miller parecía muy contenta de verle; declaró que había sido la velada más larga que había pasado en su vida.

«¿Ha estado sola?», preguntó él.

"I have been walking round with mother. But mother gets tired walking round," she answered.

"Has she gone to bed?"

"No; she doesn't like to go to bed," said the young girl. "She doesn't sleep—not three hours. She says she doesn't know how she lives. She's dreadfully nervous. I guess she sleeps more than she thinks. She's gone somewhere after Randolph; she wants to try to get him to go to bed. He doesn't like to go to bed."

"Let us hope she will persuade him," observed Winterbourne.

"She will talk to him all she can; but he doesn't like her to talk to him," said Miss Daisy, opening her fan. "She's going to try to get Eugenio to talk to him. But he isn't afraid of Eugenio. Eugenio's a splendid courier, but he can't make much impression on Randolph! I don't believe he'll go to bed before eleven." It appeared that Randolph's vigil was in fact triumphantly prolonged, for Winterbourne strolled about with the young girl for some time without meeting her mother. "I have been looking round for that lady you want to introduce me to," his companion resumed. "She's your aunt." Then, on Winterbourne's admitting the fact and expressing some curiosity as to how she had learned it, she said she had heard all about Mrs. Costello from the chambermaid. She was very quiet and very *comme il faut;* she wore white puffs; she spoke to no one, and she never dined at the *table d'hôte.* Every two days she had a headache. "I think that's a lovely description, headache and all!" said Miss Daisy, chattering along in her thin, gay voice. "I want to know her ever so much. I know just what *your* aunt would be; I know I should like her. She would be very exclusive. I like a lady to be exclusive; I'm dying to be exclusive myself. Well, we *are* exclusive, mother and I. We don't speak to everyone—or they don't speak to us. I suppose it's about the same thing. Anyway, I shall be ever so glad to know your aunt."

Winterbourne was embarrassed. "She would be most happy," he said; "but I am afraid those headaches will interfere."

The young girl looked at him through the dusk. "But I suppose she doesn't have a headache every day," she said sympathetically.

«He estado dando vueltas con mi madre. Pero mi madre se cansa dando vueltas», respondió.

«¿Se ha ido a la cama?».

«No; no le gusta irse a la cama», dijo la joven. «No duerme ni tres horas. Dice que no sabe cómo vive. Está terriblemente nerviosa. Supongo que duerme más de lo que cree. Ha ido a algún sitio a buscar a Randolph; quiere intentar que se vaya a la cama. A él no le gusta irse a la cama».

«Esperemos que ella lo persuada», observó Winterbourne.

«Ella hablará con él todo lo que pueda; pero a él no le gusta que ella hable con él», dijo Miss Daisy, abriendo su abanico. «Va a intentar que Eugenio hable con él. Pero no le tiene miedo a Eugenio. Eugenio es un asistente espléndido, ¡pero no puede impresionar mucho a Randolph! No creo que se vaya a la cama antes de las once». Parecía que, de hecho, la vigilia de Randolph se prolongaba triunfalmente, pues Winterbourne paseó con la joven durante algún tiempo sin encontrarse con su madre. «He estado buscando a esa dama que quiere presentarme», reanudó su acompañante. «Es su tía». Entonces, al admitir Winterbourne el hecho y expresar cierta curiosidad por saber cómo se había enterado, dijo que había oído hablar de Mrs. Costello a la camarera. Era muy tranquila y muy *comme il faut;* llevaba puffs blancos; no hablaba con nadie y nunca cenaba en la *table d'hôte.* Cada dos días le dolía la cabeza. «¡Me parece una descripción encantadora, con dolor de cabeza y todo!», dijo Miss Daisy, parloteando con su voz delgada y alegre. «Tengo muchas ganas de conocerla. Sé exactamente cómo sería *su* tía; sé que me gustaría. Sería muy exclusiva. Me gusta que una dama sea exclusiva; yo misma me muero por ser exclusiva. Bueno, nosotras *somos* exclusivas, mi madre y yo. No hablamos con todo el mundo... o ellos no hablan con nosotras. Supongo que se trata de lo mismo. De todos modos, estaré encantada de conocer a su tía».

Winterbourne se sintió avergonzado. «Ella sería muy feliz», dijo; «pero me temo que esos dolores de cabeza interferirán».

La joven le miró a través del crepúsculo. «Pero supongo que no le duele la cabeza todos los días», dijo ella con simpatía.

Winterbourne was silent a moment. "She tells me she does," he answered at last, not knowing what to say.

Miss Daisy Miller stopped and stood looking at him. Her prettiness was still visible in the darkness; she was opening and closing her enormous fan. "She doesn't want to know me!" she said suddenly. "Why don't you say so? You needn't be afraid. I'm not afraid!" And she gave a little laugh.

Winterbourne fancied there was a tremor in her voice; he was touched, shocked, mortified by it. "My dear young lady," he protested, "she knows no one. It's her wretched health."

The young girl walked on a few steps, laughing still. "You needn't be afraid," she repeated. "Why should she want to know me?" Then she paused again; she was close to the parapet of the garden, and in front of her was the starlit lake. There was a vague sheen upon its surface, and in the distance were dimly seen mountain forms. Daisy Miller looked out upon the mysterious prospect and then she gave another little laugh. "Gracious! she *is* exclusive!" she said. Winterbourne wondered whether she was seriously wounded, and for a moment almost wished that her sense of injury might be such as to make it becoming in him to attempt to reassure and comfort her. He had a pleasant sense that she would be very approachable for consolatory purposes. He felt then, for the instant, quite ready to sacrifice his aunt, conversationally; to admit that she was a proud, rude woman, and to declare that they needn't mind her. But before he had time to commit himself to this perilous mixture of gallantry and impiety, the young lady, resuming her walk, gave an exclamation in quite another tone. "Well, here's Mother! I guess she hasn't got Randolph to go to bed." The figure of a lady appeared at a distance, very indistinct in the darkness, and advancing with a slow and wavering movement. Suddenly it seemed to pause.

"Are you sure it is your mother? Can you distinguish her in this thick dusk?" Winterbourne asked.

"Well!" cried Miss Daisy Miller with a laugh; "I guess I know my own mother. And when she has got on my shawl, too! She is always wearing my things."

Winterbourne guardó silencio un momento. «Ella me dice que es así», respondió al fin, sin saber qué decir.

Miss Daisy Miller se detuvo y se quedó mirándole. Su belleza aún era visible en la oscuridad; abría y cerraba su enorme abanico. «¡Ella no quiere conocerme!», dijo de repente. «¿Por qué no lo dice? No tiene por qué tener miedo. ¡Yo no tengo miedo!». Y soltó una pequeña carcajada.

A Winterbourne le pareció que había un temblor en su voz; se sintió conmovido, escandalizado, mortificado por ello. «Mi querida joven», protestó él, «no conoce a nadie. Es su desdichada salud».

La joven avanzó unos pasos, riendo aún. «No debe tener miedo», repitió. «¿Por qué iba a querer conocerme?». Entonces se detuvo de nuevo; estaba cerca del parapeto del jardín, y frente a ella estaba el lago iluminado por las estrellas. Había un vago brillo sobre su superficie, y a lo lejos se veían tenuemente formas montañosas. Daisy Miller contempló la misteriosa perspectiva y luego soltó otra pequeña carcajada. «¡Cielos! *¡Es* exclusiva!», dijo. Winterbourne se preguntó si estaría gravemente herida y, por un momento, casi deseó que su sensación de herida fuera tal que hiciera conveniente que él intentara tranquilizarla y consolarla. Tuvo la agradable sensación de que ella sería muy accesible si quisiera consolarla. Se sintió entonces, por un instante, bastante dispuesto a sacrificar a su tía, conversando; a admitir que era una mujer orgullosa y grosera, y a declarar que no tenían por qué hacerle caso. Pero antes de que tuviera tiempo de comprometerse con esta peligrosa mezcla de galantería e impiedad, la joven, reanudando su paseo, lanzó una exclamación en un tono muy distinto. «¡Vaya, aquí está mamá! Supongo que no ha conseguido que Randolph se vaya a la cama». La figura de una dama apareció a lo lejos, muy indistinta en la oscuridad, y avanzaba con un movimiento lento y vacilante. De pronto pareció detenerse.

«¿Está segura de que es su madre? ¿Puede distinguirla en este espeso crepúsculo?», preguntó Winterbourne.

«¡Vaya!», exclamó Miss Daisy Miller con una carcajada; «creo que conozco a mi propia madre. Y cuando se ha puesto mi chal, ¡más aún! Siempre lleva puestas mis cosas».

The lady in question, ceasing to advance, hovered vaguely about the spot at which she had checked her steps.

"I am afraid your mother doesn't see you," said Winterbourne. "Or perhaps," he added, thinking, with Miss Miller, the joke permissible—"perhaps she feels guilty about your shawl."

"Oh, it's a fearful old thing!" the young girl replied serenely. "I told her she could wear it. She won't come here because she sees you."

"Ah, then," said Winterbourne, "I had better leave you."

"Oh, no; come on!" urged Miss Daisy Miller.

"I'm afraid your mother doesn't approve of my walking with you."

Miss Miller gave him a serious glance. "It isn't for me; it's for you—that is, it's for *her*. Well, I don't know who it's for! But mother doesn't like any of my gentlemen friends. She's right down timid. She always makes a fuss if I introduce a gentleman. But I *do* introduce them—almost always. If I didn't introduce my gentlemen friends to Mother," the young girl added in her little soft, flat monotone, "I shouldn't think I was natural."

"To introduce me," said Winterbourne, "you must know my name." And he proceeded to pronounce it.

"Oh, dear, I can't say all that!" said his companion with a laugh. But by this time they had come up to Mrs. Miller, who, as they drew near, walked to the parapet of the garden and leaned upon it, looking intently at the lake and turning her back to them. "Mother!" said the young girl in a tone of decision. Upon this the elder lady turned round. "Mr. Winterbourne," said Miss Daisy Miller, introducing the young man very frankly and prettily. "Common," she was, as Mrs. Costello had pronounced her; yet it was a wonder to Winterbourne that, with her commonness, she had a singularly delicate grace.

Her mother was a small, spare, light person, with a wandering eye, a very exiguous nose, and a large forehead, decorated with a certain amount of thin, much frizzled hair. Like her daughter, Mrs. Miller was

La dama en cuestión, dejando de avanzar, rondó vagamente el lugar en el que había detenido sus pasos.

«Me temo que su madre no la ve», dijo Winterbourne. «O tal vez», añadió, pensando que con Miss Miller la broma era permisible, «tal vez se sienta culpable por su chal».

«¡Oh, es una cosa vieja y fea!», respondió la joven con serenidad. «Le dije que podía ponérselo. No vendrá aquí porque le ve a usted».

«Ah, entonces», dijo Winterbourne, «será mejor que la deje».

«¡Oh, no; vamos!», instó Miss Daisy Miller.

«Me temo que su madre no aprueba que camine con usted».

Miss Miller le dirigió una mirada seria. «No es por mí; es por usted; es decir, es por *ella*. Bueno, ¡no sé por quién es! Pero a mamá no le gusta ninguno de mis amigos caballeros. Es muy tímida. Siempre monta un escándalo si le presento a un caballero. Pero yo *sí* que se los presento, casi siempre. Si no presentara a mis amigos caballeros a mamá», añadió la joven en su pequeño monótono suave y plano, «no pensaría que soy natural».

«Para presentarme», dijo Winterbourne, «debe saber mi nombre». Y procedió a pronunciarlo.

«¡Oh, vaya, no puedo decir todo eso!», dijo su compañera riendo. Pero para entonces ya se habían acercado a Mrs. Miller, quien, al acercarse, caminó hasta el parapeto del jardín y se apoyó en él, mirando atentamente el lago y dándoles la espalda. «¡Madre!», dijo la joven en tono decidido. Al oír esto, la señora mayor se dio la vuelta. «Mr. Winterbourne», dijo Miss Daisy Miller, presentando al joven de forma muy franca y bonita. «Común», era ella, como la había pronunciado Mrs. Costello; sin embargo, era una maravilla para Winterbourne que, siendo común, tuviera una gracia singularmente delicada.

Su madre era una persona pequeña, parca y ligera, con un ojo desviado, una nariz muy exigua y una gran frente, adornada con una cierta cantidad de pelo fino y muy encrespado. Al igual que su hija, Mrs. Miller

dressed with extreme elegance; she had enormous diamonds in her ears. So far as Winterbourne could observe, she gave him no greeting—she certainly was not looking at him. Daisy was near her, pulling her shawl straight. "What are you doing, poking round here?" this young lady inquired, but by no means with that harshness of accent which her choice of words may imply.

"I don't know," said her mother, turning toward the lake again.

"I shouldn't think you'd want that shawl!" Daisy exclaimed.

"Well I do!" her mother answered with a little laugh.

"Did you get Randolph to go to bed?" asked the young girl.

"No; I couldn't induce him," said Mrs. Miller very gently. "He wants to talk to the waiter. He likes to talk to that waiter."

"I was telling Mr. Winterbourne," the young girl went on; and to the young man's ear her tone might have indicated that she had been uttering his name all her life.

"Oh, yes!" said Winterbourne; "I have the pleasure of knowing your son."

Randolph's mamma was silent; she turned her attention to the lake. But at last she spoke. "Well, I don't see how he lives!"

"Anyhow, it isn't so bad as it was at Dover," said Daisy Miller.

"And what occurred at Dover?" Winterbourne asked.

"He wouldn't go to bed at all. I guess he sat up all night in the public parlor. He wasn't in bed at twelve o'clock: I know that."

"It was half-past twelve," declared Mrs. Miller with mild emphasis.

"Does he sleep much during the day?" Winterbourne demanded.

vestía con extrema elegancia; llevaba enormes diamantes en las orejas. Por lo que Winterbourne pudo observar, ella no le dirigió ningún saludo; desde luego, no le estaba mirando. Daisy estaba cerca de ella, estirándole el chal. «¿Qué haces, husmeando por aquí?», inquirió esta joven, pero en modo alguno con la dureza de acento que su elección de palabras podría implicar.

«No lo sé», dijo su madre, volviéndose de nuevo hacia el lago.

«¡No creí que quisieras ese chal!», exclamó Daisy.

«¡Pero es así!», respondió su madre con una risita.

«¿Has conseguido que Randolph se vaya a la cama?», preguntó la joven.

«No; no pude inducirle», dijo Mrs. Miller muy suavemente. «Quiere hablar con el camarero. Le gusta hablar con el camarero».

«Se lo estaba diciendo a Mr. Winterbourne», prosiguió la joven; y al oído del joven su tono podría haber indicado que llevaba pronunciando su nombre toda la vida.

«¡Oh, sí!», dijo Winterbourne; «tengo el placer de conocer a su hijo».

La madre de Randolph guardó silencio; volvió su atención hacia el lago. Pero al fin habló. «¡Bueno, no veo cómo vive!».

«De todos modos, no está tan mal como cuando estaba en Dover», dijo Daisy Miller.

«¿Y qué ocurrió en Dover?», preguntó Winterbourne.

«No se iba a la cama. Supongo que pasó toda la noche sentado en el salón general. No estaba en la cama a las doce: eso lo sé».

«Eran las doce y media», declaró Mrs. Miller con suave énfasis.

«¿Duerme mucho durante el día?», preguntó Winterbourne.

"I guess he doesn't sleep much," Daisy rejoined.

"I wish he would!" said her mother. "It seems as if he couldn't."

"I think he's real tiresome," Daisy pursued.

Then, for some moments, there was silence. "Well, Daisy Miller," said the elder lady, presently, "I shouldn't think you'd want to talk against your own brother!"

"Well, he *is* tiresome, Mother," said Daisy, quite without the asperity of a retort.

"He's only nine," urged Mrs. Miller.

"Well, he wouldn't go to that castle," said the young girl. "I'm going there with Mr. Winterbourne."

To this announcement, very placidly made, Daisy's mamma offered no response. Winterbourne took for granted that she deeply disapproved of the projected excursion; but he said to himself that she was a simple, easily managed person, and that a few deferential protestations would take the edge from her displeasure. "Yes," he began; "your daughter has kindly allowed me the honor of being her guide."

Mrs. Miller's wandering eyes attached themselves, with a sort of appealing air, to Daisy, who, however, strolled a few steps farther, gently humming to herself. "I presume you will go in the cars," said her mother.

"Yes, or in the boat," said Winterbourne.

"Well, of course, I don't know," Mrs. Miller rejoined. "I have never been to that castle."

"It is a pity you shouldn't go," said Winterbourne, beginning to feel reassured as to her opposition. And yet he was quite prepared to find that, as a matter of course, she meant to accompany her daughter.

«Supongo que no duerme mucho», replicó Daisy.

«¡Ojalá lo hiciera!», dijo su madre. «Parece como si no pudiera».

«Creo que es muy cansador», prosiguió Daisy.

Luego, durante unos instantes, se hizo el silencio. «Bueno, Daisy Miller», dijo la señora mayor, en seguida, «¡no creo que quisieras hablar en contra de tu propio hermano!».

«Bueno, *es* cansador, madre», dijo Daisy, sin la aspereza de una réplica.

«Sólo tiene nueve años», instó Mrs. Miller.

«Bueno, él no iría a ese castillo», dijo la joven. «Voy a ir allí con Mr. Winterbourne».

A este anuncio, hecho muy plácidamente, la mamá de Daisy no ofreció respuesta alguna. Winterbourne dio por sentado que ella desaprobaba profundamente la proyectada excursión; pero se dijo a sí mismo que era una persona sencilla y fácil de manejar, y que unas cuantas protestas deferentes quitarían fuerza a su disgusto. «Sí», comenzó; «su hija ha tenido la amabilidad de permitirme el honor de ser su guía».

Los ojos errantes de Mrs. Miller se fijaron, con una especie de aire atrayente, en Daisy, quien, sin embargo, se alejó unos pasos, tarareando suavemente para sí misma. «Supongo que irán en los coches», dijo su madre.

«Sí, o en el barco», dijo Winterbourne.

«Bueno, por supuesto, no lo sé», replicó Mrs. Miller. «Nunca he estado en ese castillo».

«Es una pena que no vaya», dijo Winterbourne, empezando a sentirse tranquilo en cuanto a su oposición. Y, sin embargo, estaba bastante preparado para descubrir que, como cosa natural, ella tenía la intención de acompañar a su hija.

"We've been thinking ever so much about going," she pursued; "but it seems as if we couldn't. Of course Daisy—she wants to go round. But there's a lady here—I don't know her name—she says she shouldn't think we'd want to go to see castles *here;* she should think we'd want to wait till we got to Italy. It seems as if there would be so many there," continued Mrs. Miller with an air of increasing confidence. "Of course we only want to see the principal ones. We visited several in England," she presently added.

"Ah yes! in England there are beautiful castles," said Winterbourne. "But Chillon here, is very well worth seeing."

"Well, if Daisy feels up to it—" said Mrs. Miller, in a tone impregnated with a sense of the magnitude of the enterprise. "It seems as if there was nothing she wouldn't undertake."

"Oh, I think she'll enjoy it!" Winterbourne declared. And he desired more and more to make it a certainty that he was to have the privilege of a *tête-à-tete* with the young lady, who was still strolling along in front of them, softly vocalizing. "You are not disposed, madam," he inquired, "to undertake it yourself?"

Daisy's mother looked at him an instant askance, and then walked forward in silence. Then—"I guess she had better go alone," she said simply. Winterbourne observed to himself that this was a very different type of maternity from that of the vigilant matrons who massed themselves in the forefront of social intercourse in the dark old city at the other end of the lake. But his meditations were interrupted by hearing his name very distinctly pronounced by Mrs. Miller's unprotected daughter.

"Mr. Winterbourne!" murmured Daisy.

"Mademoiselle!" said the young man.

"Don't you want to take me out in a boat?"

"At present?" he asked.

"Of course!" said Daisy.

«Hemos estado pensando mucho en ir», prosiguió ella; «pero parece como si no pudiéramos. Por supuesto que Daisy... ella quiere ir. Pero hay una señora aquí —no sé su nombre— que dice que no creería que quisiéramos ir a ver castillos *aquí;* creería que querríamos esperar hasta llegar a Italia. Parece como si hubiera tantos allí», continuó Mrs. Miller con un aire de creciente confianza. «Por supuesto que sólo queremos ver los principales. Visitamos varios en Inglaterra», añadió enseguida.

«¡Ah, sí! En Inglaterra hay castillos preciosos», dijo Winterbourne. «Pero Chillon, aquí, es muy digno de ver».

«Bueno, si Daisy se siente capaz...», dijo Mrs. Miller, en un tono impregnado del sentido de la magnitud de la empresa. «Parece como si no hubiera nada que ella no emprendiera».

«¡Oh, creo que lo disfrutará!» declaró Winterbourne. Y deseaba cada vez más que fuera una certeza que iba a tener el privilegio de un *tête-à-tete* con la joven, que aún paseaba delante de ellos, vocalizando suavemente. «¿No está dispuesta, señora», inquirió él, «a emprenderlo usted misma?».

La madre de Daisy lo miró un instante con recelo y luego avanzó en silencio. Luego dijo: «supongo que será mejor que vaya sola»; simplemente. Winterbourne observó para sus adentros que se trataba de un tipo de maternidad muy diferente al de las matronas vigilantes que se agolpaban en la vanguardia del trato social en la vieja y oscura ciudad del otro extremo del lago. Pero sus meditaciones se vieron interrumpidas al oír su nombre pronunciado muy claramente por la desprotegida hija de Mrs. Miller.

«¡Mr. Winterbourne!», murmuró Daisy.

«¡*Mademoiselle!*», dijo el joven.

«¿No quiere pasearme en un barco?».

«¿Ahora?», preguntó él.

«¡Por supuesto!», dijo Daisy.

"Well, Annie Miller!" exclaimed her mother.

"I beg you, madam, to let her go," said Winterbourne ardently; for he had never yet enjoyed the sensation of guiding through the summer starlight a skiff freighted with a fresh and beautiful young girl.

"I shouldn't think she'd want to," said her mother. "I should think she'd rather go indoors."

"I'm sure Mr. Winterbourne wants to take me," Daisy declared. "He's so awfully devoted!"

"I will row you over to Chillon in the starlight."

"I don't believe it!" said Daisy.

"Well!" ejaculated the elder lady again.

"You haven't spoken to me for half an hour," her daughter went on.

"I have been having some very pleasant conversation with your mother," said Winterbourne.

"Well, I want you to take me out in a boat!" Daisy repeated. They had all stopped, and she had turned round and was looking at Winterbourne. Her face wore a charming smile, her pretty eyes were gleaming, she was swinging her great fan about. No; it's impossible to be prettier than that, thought Winterbourne.

"There are half a dozen boats moored at that landing place," he said, pointing to certain steps which descended from the garden to the lake. "If you will do me the honor to accept my arm, we will go and select one of them."

Daisy stood there smiling; she threw back her head and gave a little, light laugh. "I like a gentleman to be formal!" she declared.

"I assure you it's a formal offer."

«¡Vaya, Annie Miller!», exclamó su madre.

«Le ruego, señora, que la deje marchar», dijo Winterbourne con ardor, pues nunca antes había disfrutado de la sensación de guiar a través de la luz de las estrellas del verano un esquife cargado con una joven fresca y hermosa.

«No creo que ella quiera», dijo su madre. «Pensaría que preferiría quedarse en casa».

«Estoy segura de que Mr. Winterbourne quiere llevarme», declaró Daisy. «¡Es tan terriblemente devoto!».

«Le llevaré remando hasta Chillon a la luz de las estrellas».

«¡No me lo creo!», dijo Daisy.

«¡Bien!», volvió a eyacular la señora mayor.

«Hace media hora que no me habla», continuó su hija.

«He mantenido una conversación muy agradable con su madre», dijo Winterbourne.

«¡Bueno, quiero que me lleve en una barca!», repitió Daisy. Todos se habían detenido, y ella se había dado la vuelta y estaba mirando a Winterbourne. Su rostro lucía una sonrisa encantadora, sus bonitos ojos brillaban, balanceaba su gran abanico. No; es imposible ser más bonita que eso, pensó Winterbourne.

«Hay media docena de barcas amarradas en ese embarcadero», dijo él señalando unos escalones que descendían desde el jardín hasta el lago. «Si me hace el honor de aceptar mi brazo, iremos a elegir uno de ellos».

Daisy se quedó allí sonriendo; echó la cabeza hacia atrás y soltó una pequeña y ligera carcajada. «¡Me gusta que un caballero sea formal!», declaró.

«Le aseguro que es una oferta formal».

"I was bound I would make you say something," Daisy went on.

"You see, it's not very difficult," said Winterbourne. "But I am afraid you are chaffing me."

"I think not, sir," remarked Mrs. Miller very gently.

"Do, then, let me give you a row," he said to the young girl.

"It's quite lovely, the way you say that!" cried Daisy.

"It will be still more lovely to do it."

"Yes, it would be lovely!" said Daisy. But she made no movement to accompany him; she only stood there laughing.

"I should think you had better find out what time it is," interposed her mother.

"It is eleven o'clock, madam," said a voice, with a foreign accent, out of the neighboring darkness; and Winterbourne, turning, perceived the florid personage who was in attendance upon the two ladies. He had apparently just approached.

"Oh, Eugenio," said Daisy, "I am going out in a boat!"

Eugenio bowed. "At eleven o'clock, *mademoiselle?*"

"I am going with Mr. Winterbourne—this very minute."

"Do tell her she can't," said Mrs. Miller to the courier.

"I think you had better not go out in a boat, *mademoiselle,*" Eugenio declared.

Winterbourne wished to Heaven this pretty girl were not so familiar with her courier; but he said nothing.

"I suppose you don't think it's proper!" Daisy exclaimed. "Eugenio doesn't think anything's proper."

«Estaba segura de que le haría decir algo», continuó Daisy.

«Verá, no es muy difícil», dijo Winterbourne. «Pero me temo que me está tomando el pelo».

«Creo que no, sir», comentó Mrs. Miller muy suavemente.

«Permítame, entonces, que reme», le dijo a la joven.

«¡Es encantadora la forma en que lo dice!», gritó Daisy.

«Será aún más encantador hacerlo».

«¡Sí, sería encantador!», dijo Daisy. Pero no hizo ningún movimiento para acompañarle; sólo se quedó allí riendo.

«Creo que será mejor que averigües qué hora es», interpuso su madre.

«Son las once, señora», dijo una voz, con acento extranjero, desde la oscuridad vecina; y Winterbourne, al volverse, percibió al florido personaje que atendía a las dos damas. Al parecer, acababa de acercarse.

«¡Oh, Eugenio!», dijo Daisy, «¡Voy a salir en barca!».

Eugenio hizo una reverencia. «¿A las once en punto, *mademoiselle?*».

«Me voy con Mr. Winterbourne... ahora mismo».

«Dígale que no puede», dijo Mrs. Miller al asistente.

«Creo que es mejor que no salga en barca, *mademoiselle*», declaró Eugenio.

Winterbourne le pidió al Cielo que esta bonita muchacha no estuviera tan familiarizada con su asistente; pero no dijo nada.

«¡Supongo que no le parece apropiado!», exclamó Daisy. «Eugenio no cree que nada sea apropiado».

"I am at your service," said Winterbourne.

"Does *mademoiselle* propose to go alone?" asked Eugenio of Mrs. Miller.

"Oh, no; with this gentleman!" answered Daisy's mamma.

The courier looked for a moment at Winterbourne—the latter thought he was smiling—and then, solemnly, with a bow, "As *mademoiselle* pleases!" he said.

"Oh, I hoped you would make a fuss!" said Daisy. "I don't care to go now."

"I myself shall make a fuss if you don't go," said Winterbourne.

"That's all I want—a little fuss!" And the young girl began to laugh again.

"Mr. Randolph has gone to bed!" the courier announced frigidly.

"Oh, Daisy; now we can go!" said Mrs. Miller.

Daisy turned away from Winterbourne, looking at him, smiling and fanning herself. "Good night," she said; "I hope you are disappointed, or disgusted, or something!"

He looked at her, taking the hand she offered him. "I am puzzled," he answered.

"Well, I hope it won't keep you awake!" she said very smartly; and, under the escort of the privileged Eugenio, the two ladies passed toward the house.

Winterbourne stood looking after them; he was indeed puzzled. He lingered beside the lake for a quarter of an hour, turning over the mystery of the young girl's sudden familiarities and caprices. But the only very definite conclusion he came to was that he should enjoy deucedly "going off" with her somewhere.

«Estoy a su servicio», dijo Winterbourne.

«¿Se propone *mademoiselle* ir sola?», preguntó Eugenio a Mrs. Miller.

«¡Oh, no; con este caballero!», respondió la mamá de Daisy.

El asistente miró un momento a Winterbourne —a éste le pareció que sonreía— y luego, solemnemente, con una reverencia, dijo: «¡Como le plazca a *mademoiselle!*».

«¡Oh, esperaba que hiciera un escándalo!», dijo Daisy. «No me apetece ir ahora».

«Yo mismo armaré un escándalo si no va», dijo Winterbourne.

«¡Eso es todo lo que quiero... un pequeño escándalo!». Y la joven comenzó a reír de nuevo.

«¡Mr. Randolph se ha ido a la cama!», anunció frívolamente el asistente.

«¡Oh, Daisy; ahora podemos irnos!», dijo Mrs. Miller.

Daisy se apartó de Winterbourne, mirándole, sonriendo y abanicándose. «Buenas noches», le dijo; «¡espero que esté decepcionado, o disgustado, o algo así!».

Él la miró, cogiendo la mano que ella le ofrecía. «Estoy desconcertado», respondió.

«¡Bueno, espero que no le quite el sueño!», dijo muy elegantemente; y, escoltadas por el privilegiado Eugenio, las dos damas se dirigieron hacia el hotel.

Winterbourne se quedó mirándolas; estaba realmente perplejo. Permaneció junto al lago durante un cuarto de hora, dándole vueltas al misterio de las repentinas familiaridades y caprichos de la joven. Pero la única conclusión verdaderamente definitiva a la que llegó fue que le gustaría mucho «irse» con ella a alguna parte.

Two days afterward he went off with her to the Castle of Chillon. He waited for her in the large hall of the hotel, where the couriers, the servants, the foreign tourists, were lounging about and staring. It was not the place he should have chosen, but she had appointed it. She came tripping downstairs, buttoning her long gloves, squeezing her folded parasol against her pretty figure, dressed in the perfection of a soberly elegant traveling costume. Winterbourne was a man of imagination and, as our ancestors used to say, sensibility; as he looked at her dress and, on the great staircase, her little rapid, confiding step, he felt as if there were something romantic going forward. He could have believed he was going to elope with her. He passed out with her among all the idle people that were assembled there; they were all looking at her very hard; she had begun to chatter as soon as she joined him. Winterbourne's preference had been that they should be conveyed to Chillon in a carriage; but she expressed a lively wish to go in the little steamer; she declared that she had a passion for steamboats. There was always such a lovely breeze upon the water, and you saw such lots of people. The sail was not long, but Winterbourne's companion found time to say a great many things. To the young man himself their little excursion was so much of an escapade—an adventure—that, even allowing for her habitual sense of freedom, he had some expectation of seeing her regard it in the same way. But it must be confessed that, in this particular, he was disappointed. Daisy Miller was extremely animated, she was in charming spirits; but she was apparently not at all excited; she was not fluttered; she avoided neither his eyes nor those of anyone else; she blushed neither when she looked at him nor when she felt that people were looking at her. People continued to look at her a great deal, and Winterbourne took much satisfaction in his pretty companion's distinguished air. He had been a little afraid that she would talk loud, laugh overmuch, and even, perhaps, desire to move about the boat a good deal. But he quite forgot his fears; he sat smiling, with his eyes upon her face, while, without moving from her place, she delivered herself of a great number of original reflections. It was the most charming garrulity he had ever heard. He had assented to the idea that she was "common"; but was she so, after all, or was he simply getting used to her commonness? Her conversation was chiefly of what metaphysicians term the objective cast, but every now and then it took a subjective turn.

Dos días después fue con ella al Castillo de Chillon. Él la esperó en el gran vestíbulo del hotel, donde los secretarios, los criados, los turistas extranjeros, holgazaneaban y miraban. No era el lugar que él hubiera elegido, pero ella lo había designado. Ella bajó las escaleras a trompicones, abrochándose los guantes largos, apretando la sombrilla doblada contra su bonita figura, vestida a la perfección con un traje de viaje sobriamente elegante. Winterbourne era un hombre imaginativo y, como decían nuestros antepasados, sensible; al contemplar su vestido y, en la gran escalera, su pasito rápido y confiado, sintió como si algo romántico fuera a suceder. Podría haber creído que iba a fugarse con ella. Salió con ella entre toda la gente ociosa que estaba allí reunida; todos la miraban con dureza; ella había empezado a parlotear en cuanto se unió a él. La preferencia de Winterbourne había sido que los llevaran a Chillon en carruaje; pero ella expresó un vivo deseo de ir en el pequeño vapor; declaró que le apasionaban los barcos de vapor. Siempre había una brisa tan encantadora sobre el agua, y se veía tanta gente. El viaje en barco no fue largo, pero la compañera de Winterbourne encontró tiempo para decir muchas cosas. Para el propio joven su pequeña excursión era tanto como una escapada —una aventura— que, aun teniendo en cuenta su habitual sentido de la libertad, tenía cierta expectativa que ella lo considerara de la misma manera. Pero hay que confesar que, en este particular, se sintió decepcionado. Daisy Miller estaba extremadamente animada, tenía un ánimo encantador; pero aparentemente no estaba en absoluto excitada; no estaba agitada; no evitaba ni sus ojos ni los de nadie; no se ruborizaba ni cuando le miraba a él ni cuando sentía que la miraban. La gente seguía mirándola mucho, y Winterbourne se sintió muy satisfecho del aire distinguido de su guapa acompañante. Había temido un poco que ella hablara alto, se riera demasiado e incluso, tal vez, deseara moverse mucho por el barco. Pero olvidó por completo sus temores; se sentó sonriente, con los ojos puestos en su rostro, mientras, sin moverse de su sitio, ella se entregaba a un gran número de originales reflexiones. Era la verborragia más encantadora que jamás había oído. Él había asentido a la idea de que ella era «vulgar»; pero ¿lo era, después de todo, o simplemente se estaba acostumbrando a su vulgaridad? Su conversación era principalmente sobre lo que los metafísicos denominan elenco objetivo, pero de vez en cuando tomaba un giro subjetivo.

"What on *earth* are you so grave about?" she suddenly demanded, fixing her agreeable eyes upon Winterbourne's.

"Am I grave?" he asked. "I had an idea I was grinning from ear to ear."

"You look as if you were taking me to a funeral. If that's a grin, your ears are very near together."

"Should you like me to dance a hornpipe on the deck?"

"Pray do, and I'll carry round your hat. It will pay the expenses of our journey."

"I never was better pleased in my life," murmured Winterbourne.

She looked at him a moment and then burst into a little laugh. "I like to make you say those things! You're a queer mixture!"

In the castle, after they had landed, the subjective element decidedly prevailed. Daisy tripped about the vaulted chambers, rustled her skirts in the corkscrew staircases, flirted back with a pretty little cry and a shudder from the edge of the *oubliettes,* and turned a singularly well-shaped ear to everything that Winterbourne told her about the place. But he saw that she cared very little for feudal antiquities and that the dusky traditions of Chillon made but a slight impression upon her. They had the good fortune to have been able to walk about without other companionship than that of the custodian; and Winterbourne arranged with this functionary that they should not be hurried—that they should linger and pause wherever they chose. The custodian interpreted the bargain generously—Winterbourne, on his side, had been generous—and ended by leaving them quite to themselves. Miss Miller's observations were not remarkable for logical consistency; for anything she wanted to say she was sure to find a pretext. She found a great many pretexts in the rugged embrasures of Chillon for asking Winterbourne sudden questions about himself—his family, his previous history, his tastes, his habits, his intentions—and for supplying information upon corresponding points in her own personality. Of her own tastes, habits, and intentions Miss Miller was

«¿Por qué *demonios* está tan serio?», preguntó ella de repente, fijando sus agradables ojos en los de Winterbourne.

«¿Estoy serio?», preguntó él. «Tenía la idea de que estaba sonriendo de oreja a oreja».

«Parece como si me llevara a un funeral. Si eso es una sonrisa, tiene las orejas muy juntas».

«¿Quiere que baile una danza de marineros en cubierta?».

«Por favor, hágalo, y yo pasaré su sombrero. Pagará los gastos de nuestro viaje».

«Nunca me he sentido más satisfecho en mi vida», murmuró Winterbourne.

Ella le miró un momento y luego soltó una pequeña carcajada. «¡Me gusta hacerle decir esas cosas! Usted es una mezcla rara».

En el castillo, después de que hubieron desembarcado, prevaleció decididamente el elemento subjetivo. Daisy tropezaba por las cámaras abovedadas, hacía crujir sus faldas en las escaleras de caracol, se escabullía con un bonito gritito y un estremecimiento desde el borde de las *oubliettes* y prestaba oídos con sus orejas singularmente bien formadas a todo lo que Winterbourne le contaba sobre el lugar. Pero él vio que a ella le importaban muy poco las antigüedades feudales y que las oscuras tradiciones de Chillon no le causaban más que una ligera impresión. Tuvieron la suerte de poder pasear sin más compañía que la del custodio; y Winterbourne acordó con este funcionario que no tuvieran prisa, que se entretuvieran y se detuvieran donde quisieran. El custodio interpretó el trato con generosidad —Winterbourne, por su parte, había sido generoso— y terminó dejándoles a su aire. Las observaciones de Miss Miller no destacaban por su coherencia lógica; para cualquier cosa que ella quisiera decir estaba segura de encontrar un pretexto. Encontró un gran número de pretextos en las escarpadas troneras de Chillon para hacer a Winterbourne preguntas repentinas sobre sí mismo —su familia, su historia, sus gustos, sus hábitos, sus intenciones— y para suministrar información sobre puntos correspondientes de su propia personalidad. De sus propios gustos, hábitos e intenciones, Miss Miller estaba

prepared to give the most definite, and indeed the most favorable account.

"Well, I hope you know enough!" she said to her companion, after he had told her the history of the unhappy Bonivard. "I never saw a man that knew so much!" The history of Bonivard had evidently, as they say, gone into one ear and out of the other. But Daisy went on to say that she wished Winterbourne would travel with them and "go round" with them; they might know something, in that case. "Don't you want to come and teach Randolph?" she asked. Winterbourne said that nothing could possibly please him so much, but that he had unfortunately other occupations. "Other occupations? I don't believe it!" said Miss Daisy. "What do you mean? You are not in business." The young man admitted that he was not in business; but he had engagements which, even within a day or two, would force him to go back to Geneva. "Oh, bother!" she said; "I don't believe it!" and she began to talk about something else. But a few moments later, when he was pointing out to her the pretty design of an antique fireplace, she broke out irrelevantly, "You don't mean to say you are going back to Geneva?"

"It is a melancholy fact that I shall have to return to Geneva tomorrow."

"Well, Mr. Winterbourne," said Daisy, "I think you're horrid!"

"Oh, don't say such dreadful things!" said Winterbourne—"just at the last!"

"The last!" cried the young girl; "I call it the first. I have half a mind to leave you here and go straight back to the hotel alone." And for the next ten minutes she did nothing but call him horrid. Poor Winterbourne was fairly bewildered; no young lady had as yet done him the honor to be so agitated by the announcement of his movements. His companion, after this, ceased to pay any attention to the curiosities of Chillon or the beauties of the lake; she opened fire upon the mysterious charmer in Geneva whom she appeared to have instantly taken it for granted that he was hurrying back to see. How did Miss Daisy Miller know that there was a charmer in Geneva? Winterbourne, who denied the existence of such a person, was quite unable to discover,

dispuesta a dar la versión más definida y, de hecho, la más favorable.

«¡Bueno, espero que sepa lo suficiente!», le dijo a su acompañante, después de que éste le contara la historia del infeliz Bonivard. «¡Nunca vi a un hombre que supiera tanto!». Evidentemente, como suele decirse, la historia de Bonivard le había entrado por un oído y le había salido por el otro. Pero Daisy continuó diciendo que deseaba que Winterbourne viajara con ellos y «diera una vuelta» con ellos; en ese caso podrían saber algo. «¿No quiere venir a enseñar a Randolph?», preguntó ella. Winterbourne dijo que nada podría complacerle tanto, pero que por desgracia tenía otras ocupaciones. «¿Otras ocupaciones? ¡No lo creo!», dijo Miss Daisy. «¿A qué se refiere? Usted no se dedica a los negocios». El joven admitió que no se dedicaba a los negocios; pero tenía compromisos que, incluso dentro de un día o dos, le obligarían a volver a Ginebra. «¡Oh, qué fastidio!», dijo ella; «¡no lo creo!», y empezó a hablar de otra cosa. Pero unos instantes después, cuando él le señalaba el bonito diseño de una chimenea antigua, ella estalló, irrelevante: «¿No querrá decir que vuelve a Ginebra?».

«Es un hecho melancólico que mañana tendré que regresar a Ginebra».

«Bueno, Mr. Winterbourne», dijo Daisy, «¡creo que es usted horrible!».

«¡Oh, no diga cosas tan espantosas!», dijo Winterbourne, «¡justo la última!».

«¡La última!», gritó la joven; «yo la llamo la primera. Tengo casi ganas de dejarle aquí y volver sola al hotel». Y durante los diez minutos siguientes no hizo más que llamarle horrible. El pobre Winterbourne estaba bastante desconcertado; ninguna joven le había hecho hasta entonces el honor de agitarse tanto ante el anuncio de sus movimientos. Su compañera, después de esto, dejó de prestar atención a las curiosidades de Chillon o a las bellezas del lago; abrió fuego contra la misteriosa muchacha encantadora de Ginebra que, al parecer, dio por sentado al instante que se apresuraba a volver a ver. ¿Cómo sabía Miss Daisy Miller que había una muchacha encantadora en Ginebra? Winterbourne, que negaba la existencia de tal persona, era totalmente incapaz de descu-

and he was divided between amazement at the rapidity of her induction and amusement at the frankness of her persiflage. She seemed to him, in all this, an extraordinary mixture of innocence and crudity. "Does she never allow you more than three days at a time?" asked Daisy ironically. "Doesn't she give you a vacation in summer? There's no one so hard worked but they can get leave to go off somewhere at this season. I suppose, if you stay another day, she'll come after you in the boat. Do wait over till Friday, and I will go down to the landing to see her arrive!" Winterbourne began to think he had been wrong to feel disappointed in the temper in which the young lady had embarked. If he had missed the personal accent, the personal accent was now making its appearance. It sounded very distinctly, at last, in her telling him she would stop "teasing" him if he would promise her solemnly to come down to Rome in the winter.

"That's not a difficult promise to make," said Winterbourne. "My aunt has taken an apartment in Rome for the winter and has already asked me to come and see her."

"I don't want you to come for your aunt," said Daisy; "I want you to come for me." And this was the only allusion that the young man was ever to hear her make to his invidious kinswoman. He declared that, at any rate, he would certainly come. After this Daisy stopped teasing. Winterbourne took a carriage, and they drove back to Vevey in the dusk; the young girl was very quiet.

In the evening Winterbourne mentioned to Mrs. Costello that he had spent the afternoon at Chillon with Miss Daisy Miller.

"The Americans—of the courier?" asked this lady.

"Ah, happily," said Winterbourne, "the courier stayed at home."

"She went with you all alone?"

"All alone."

Mrs. Costello sniffed a little at her smelling bottle. "And that," she exclaimed, "is the young person whom you wanted me to know!"

brirlo, y estaba dividido entre el asombro por la rapidez de su inducción y la diversión por la franqueza de su persuasión. Ella le parecía, en todo esto, una extraordinaria mezcla de inocencia y crudeza. «¿Nunca le permite más de tres días seguidos?», preguntó Daisy irónicamente. «¿No le da vacaciones en verano? No hay nadie tan trabajador que no pueda conseguir un permiso para irse a algún sitio en esta época. Supongo que, si se queda otro día, vendrá a por usted en el barco. Espere hasta el viernes y yo bajaré al embarcadero para verla llegar». Winterbourne empezó a pensar que se había equivocado al sentirse decepcionado por el temperamento con el que la joven se había embarcado. Si había echado de menos el acento personal, éste estaba haciendo ahora su aparición. Sonó muy claramente, por fin, cuando ella le dijo que dejaría de «tomarle el pelo» si él le prometía solemnemente venir a Roma en invierno.

«No es una promesa difícil de hacer», dijo Winterbourne. «Mi tía ha tomado un apartamento en Roma para el invierno y ya me ha pedido que vaya a verla».

«No quiero que venga por su tía», dijo Daisy; «quiero que venga por mí». Y ésta fue la única alusión que el joven iba a oírle hacer a su ingrata parienta. Él declaró que, en cualquier caso, sin duda iría. Después de esto Daisy dejó de burlarse. Winterbourne tomó un carruaje y regresaron a Vevey en el crepúsculo; la joven estaba muy tranquila.

Por la noche, Winterbourne mencionó a Mrs. Costello que había pasado la tarde en Chillon con Miss Daisy Miller.

«¿Los americanos... del asistente?», preguntó esta dama.

«Ah, felizmente», dijo Winterbourne, «el asistente se quedó en casa».

«¿Se fue contigo sola?».

«Completamente sola».

Mrs. Costello olfateó un poco su frasco de perfume. «¡Y ésa», exclamó, «es la joven que tú querías que yo conociera!».

PART II

Winterbourne, who had returned to Geneva the day after his excursion to Chillon, went to Rome toward the end of January. His aunt had been established there for several weeks, and he had received a couple of letters from her. "Those people you were so devoted to last summer at Vevey have turned up here, courier and all," she wrote. "They seem to have made several acquaintances, but the courier continues to be the most intime. The young lady, however, is also very intimate with some third-rate Italians, with whom she rackets about in a way that makes much talk. Bring me that pretty novel of Cherbuliez's—*Paule Méré*—and don't come later than the 23rd."

In the natural course of events, Winterbourne, on arriving in Rome, would presently have ascertained Mrs. Miller's address at the American banker's and have gone to pay his compliments to Miss Daisy. "After what happened at Vevey, I think I may certainly call upon them," he said to Mrs. Costello.

"If, after what happens—at Vevey and everywhere—you desire to keep up the acquaintance, you are very welcome. Of course a man may know everyone. Men are welcome to the privilege!"

"Pray what is it that happens—here, for instance?" Winterbourne demanded.

"The girl goes about alone with her foreigners. As to what happens further, you must apply elsewhere for information. She has picked up half a dozen of the regular Roman fortune hunters, and she takes them about to people's houses. When she comes to a party she brings with her a gentleman with a good deal of manner and a wonderful mustache."

"And where is the mother?"

"I haven't the least idea. They are very dreadful people."

Winterbourne meditated a moment. "They are very ignorant—very innocent only. Depend upon it they are not bad."

PARTE II

Winterbourne, que había regresado a Ginebra al día siguiente de su excursión a Chillon, fue a Roma hacia finales de enero. Su tía llevaba varias semanas establecida allí, y él había recibido un par de cartas de ella. «Esas personas a las que tanto apreció el verano pasado en Vevey han aparecido por aquí, con asistente y todo», escribió. «Parece que han hecho varias amistades, pero el asistente sigue siendo el más íntimo. La joven, sin embargo, también es muy íntima de unos italianos de tercera clase, con los que hace bulla de una manera que da mucho que hablar. Tráeme esa bonita novela de Cherbuliez —*Paule Méré*— y no vengas más tarde del 23».

En el curso natural de los acontecimientos, Winterbourne, al llegar a Roma, habría averiguado enseguida la dirección de Mrs. Miller con el banquero americano y habría ido a presentar sus cumplidos a Miss Daisy. «Después de lo ocurrido en Vevey, creo que sin duda podré hacerles una visita», le dijo a Mrs. Costello.

«Si después de lo sucedido —en Vevey y en todas partes— deseas seguir con la amistad, sé bienvenido. Por supuesto, un hombre puede conocer a todo el mundo. ¡Los hombres son bienvenidos a tener ese privilegio!».

«¿Qué es lo que ocurre aquí, por ejemplo?», preguntó Winterbourne.

«La muchacha sale sola con sus extranjeros. En cuanto a lo que ocurra después, deberás solicitar información en otro lugar. Ha recogido a media docena de los habituales cazafortunas romanos y los lleva por las casas de la gente. Cuando acude a una fiesta lleva con ella a un caballero con buenos modales y un bigote maravilloso».

«¿Y dónde está la madre?».

«No tengo la menor idea. Son gente verdaderamente espantosa».

Winterbourne meditó un momento. «Son muy ignorantes, muy inocentes solamente. No son malos».

"They are hopelessly vulgar," said Mrs. Costello. "Whether or no being hopelessly vulgar is being 'bad' is a question for the metaphysicians. They are bad enough to dislike, at any rate; and for this short life that is quite enough."

The news that Daisy Miller was surrounded by half a dozen wonderful mustaches checked Winterbourne's impulse to go straightway to see her. He had, perhaps, not definitely flattered himself that he had made an ineffaceable impression upon her heart, but he was annoyed at hearing of a state of affairs so little in harmony with an image that had lately flitted in and out of his own meditations; the image of a very pretty girl looking out of an old Roman window and asking herself urgently when Mr. Winterbourne would arrive. If, however, he determined to wait a little before reminding Miss Miller of his claims to her consideration, he went very soon to call upon two or three other friends. One of these friends was an American lady who had spent several winters at Geneva, where she had placed her children at school. She was a very accomplished woman, and she lived in the Via Gregoriana. Winterbourne found her in a little crimson drawing room on a third floor; the room was filled with southern sunshine. He had not been there ten minutes when the servant came in, announcing "Madame Mila!" This announcement was presently followed by the entrance of little Randolph Miller, who stopped in the middle of the room and stood staring at Winterbourne. An instant later his pretty sister crossed the threshold; and then, after a considerable interval, Mrs. Miller slowly advanced.

"I know you!" said Randolph.

"I'm sure you know a great many things," exclaimed Winterbourne, taking him by the hand. "How is your education coming on?"

Daisy was exchanging greetings very prettily with her hostess, but when she heard Winterbourne's voice she quickly turned her head. "Well, I declare!" she said.

"I told you I should come, you know," Winterbourne rejoined, smiling.

"Well, I didn't believe it," said Miss Daisy.

«Son irremediablemente vulgares», dijo Mrs. Costello. «Si ser irremediablemente vulgar es o no algo "malo" es una cuestión para los metafísicos. En cualquier caso, es lo suficientemente malo como para que no me gusten; y para esta corta vida eso es suficiente».

La noticia de que Daisy Miller estaba rodeada de media docena de maravillosos bigotes frenó el impulso de Winterbourne de ir inmediatamente a verla. Tal vez no se había halagado lo suficiente de haber causado una impresión imborrable en el corazón de ella, pero le fastidiaba enterarse de un estado de cosas tan poco en armonía con una imagen que últimamente había revoloteado dentro y fuera de sus propias meditaciones; la imagen de una muchacha muy bonita mirando por una vieja ventana romana y preguntándose con urgencia cuándo llegaría Mr. Winterbourne. Sin embargo, como había decidido esperar un poco antes de recordarle a Miss Miller sus pretensiones a su consideración, fue muy pronto a visitar a otros dos o tres amigos. Uno de sus amigos era una dama americana que había pasado varios inviernos en Ginebra, donde había escolarizado a sus hijos. Era una mujer muy culta y vivía en la Via Gregoriana. Winterbourne la encontró en un saloncito carmesí situado en un tercer piso; la habitación estaba llena del sol meridional. No llevaba allí ni diez minutos cuando entró el criado anunciando: «¡Madame Mila!». Este anuncio fue seguido en seguida por la entrada del pequeño Randolph Miller, que se detuvo en medio de la habitación y se quedó mirando fijamente a Winterbourne. Un instante después, su bonita hermana cruzó el umbral; y luego, tras un intervalo considerable, Mrs. Miller avanzó lentamente.

«¡Te conozco!», dijo Randolph.

«Estoy seguro de que conoces muchas cosas», exclamó Winterbourne, cogiéndole de la mano. «¿Cómo va tu educación?».

Daisy estaba intercambiando saludos muy amablemente con su anfitriona, pero cuando oyó la voz de Winterbourne volvió rápidamente la cabeza. «¡Bien, declaro que...!», dijo.

«Le dije que vendría, ¿sabe?», replicó Winterbourne, sonriendo.

«Pues yo no lo creía», dijo Miss Daisy.

"I am much obliged to you," laughed the young man.

"You might have come to see me!" said Daisy.

"I arrived only yesterday."

"I don't believe that!" the young girl declared.

Winterbourne turned with a protesting smile to her mother, but this lady evaded his glance, and, seating herself, fixed her eyes upon her son. "We've got a bigger place than this," said Randolph. "It's all gold on the walls."

Mrs. Miller turned uneasily in her chair. "I told you if I were to bring you, you would say something!" she murmured.

"I told *you!*" Randolph exclaimed. "I tell *you,* sir!" he added jocosely, giving Winterbourne a thump on the knee. "It *is* bigger, too!"

Daisy had entered upon a lively conversation with her hostess; Winterbourne judged it becoming to address a few words to her mother. "I hope you have been well since we parted at Vevey," he said.

Mrs. Miller now certainly looked at him—at his chin. "Not very well, sir," she answered.

"She's got the dyspepsia," said Randolph. "I've got it too. Father's got it. I've got it most!"

This announcement, instead of embarrassing Mrs. Miller, seemed to relieve her. "I suffer from the liver," she said. "I think it's this climate; it's less bracing than Schenectady, especially in the winter season. I don't know whether you know we reside at Schenectady. I was saying to Daisy that I certainly hadn't found any one like Dr. Davis, and I didn't believe I should. Oh, at Schenectady he stands first; they think everything of him. He has so much to do, and yet there was nothing he wouldn't do for me. He said he never saw anything like my dyspepsia, but he was bound to cure it. I'm sure there was nothing he wouldn't try. He was just going to try something new when

«Le estoy muy agradecido», rió el joven.

«¡Podría haber venido a verme!», dijo Daisy.

«Llegué ayer mismo».

«¡No lo creo!», declaró la joven.

Winterbourne se volvió con una sonrisa de protesta hacia su madre, pero ésta esquivó su mirada y, sentándose, fijó los ojos en su hijo. «Tenemos un lugar más grande que éste», dijo Randolph. «Las paredes son todo oro».

Mrs. Miller se revolvió inquieta en su silla. «¡Te dije que si te traía dirías algo!», murmuró.

«¡Te *lo* dije!», exclamó Randolph. «¡Se lo digo a *usted,* señor!», añadió jocosamente, dándole a Winterbourne un golpe en la rodilla. «¡También *es* más grande!»

Daisy había entablado una animada conversación con su anfitriona; Winterbourne juzgó oportuno dirigir unas palabras a su madre. «Espero que haya estado bien desde que nos separamos en Vevey», le dijo.

Mrs. Miller le miró ahora, ciertamente... a la barbilla. «No muy bien, sir», respondió ella.

«Tiene dispepsia», dijo Randolph. «Yo también la tengo. Papá la tiene. Yo la tengo más».

Este anuncio, en lugar de avergonzar a Mrs. Miller, pareció aliviarla. «Sufro del hígado», dijo. «Creo que es este clima; es menos vigorizante que Schenectady, especialmente en la estación invernal. No sé si sabe que residimos en Schenectady. Le decía a Daisy que ciertamente no había encontrado a nadie como el Dr. Davis, y no creía que lo hiciera. Oh, en Schenectady es el mejor; piensan todo lo bueno de él. Tiene tanto que hacer y, sin embargo, no había nada que no hiciera por mí. Dijo que nunca había visto nada como mi dispepsia, pero que estaba obligado a curarla. Estoy segura de que no había nada que no intentara. Iba a probar algo nuevo cuando volviéramos. Mr. Miller quería que Daisy viera

we came off. Mr. Miller wanted Daisy to see Europe for herself. But I wrote to Mr. Miller that it seems as if I couldn't get on without Dr. Davis. At Schenectady he stands at the very top; and there's a great deal of sickness there, too. It affects my sleep."

Winterbourne had a good deal of pathological gossip with Dr. Davis's patient, during which Daisy chattered unremittingly to her own companion. The young man asked Mrs. Miller how she was pleased with Rome. "Well, I must say I am disappointed," she answered. "We had heard so much about it; I suppose we had heard too much. But we couldn't help that. We had been led to expect something different."

"Ah, wait a little, and you will become very fond of it," said Winterbourne.

"I hate it worse and worse every day!" cried Randolph.

"You are like the infant Hannibal," said Winterbourne.

"No, I ain't!" Randolph declared at a venture.

"You are not much like an infant," said his mother. "But we have seen places," she resumed, "that I should put a long way before Rome." And in reply to Winterbourne's interrogation, "There's Zurich," she concluded, "I think Zurich is lovely; and we hadn't heard half so much about it."

"The best place we've seen is the City of Richmond!" said Randolph.

"He means the ship," his mother explained. "We crossed in that ship. Randolph had a good time on the City of Richmond."

"It's the best place I've seen," the child repeated. "Only it was turned the wrong way."

"Well, we've got to turn the right way some time," said Mrs. Miller with a little laugh. Winterbourne expressed the hope that her daughter at least found some gratification in Rome, and she declared that

Europa por sí misma. Pero le escribí a Mr. Miller que parece como si yo no pudiera seguir adelante sin el Dr. Davis. En Schenectady está en lo más alto; y allí también hay muchas enfermedades. Me afecta al sueño».

Winterbourne mantuvo un buen rato de cotilleo patológico con el paciente del Dr. Davis, durante el cual Daisy charlaba sin cesar con su acompañante. El joven preguntó a Mrs. Miller qué tan contenta estaba con Roma. «Bueno, debo decir que estoy decepcionada», respondió ella. «Habíamos oído hablar mucho de la ciudad; supongo que demasiado. Pero no podíamos evitarlo. Nos habían hecho esperar algo diferente».

«Ah, espere un poco y se aficionará», dijo Winterbourne.

«¡Cada día la odio más!», gritó Randolph.

«Eres como Aníbal cuando era niño», dijo Winterbourne.

«¡No, no lo soy!», declaró Randolph aventurándose.

«No te pareces mucho a un niño», dijo su madre. «Pero hemos visto lugares», continuó ella, «que yo pondría muy por delante de Roma». Y en respuesta a la pregunta de Winterbourne, «está Zurich», concluyó, «creo que Zurich es encantador; y no habíamos oído hablar ni la mitad de esa ciudad».

«¡El mejor lugar que hemos visto es la Ciudad de Richmond!», dijo Randolph.

«Se refiere al barco», le explicó su madre. «Cruzamos en ese barco. Randolph lo pasó bien en el Ciudad de Richmond».

«Es el mejor lugar que he visto», repitió el niño. «Sólo que estaba girado al revés».

«Bueno, alguna vez tendremos que tomar el camino correcto», dijo Mrs. Miller con una pequeña carcajada. Winterbourne expresó la esperanza de que su hija al menos encontrara alguna gratificación en Roma,

Daisy was quite carried away. "It's on account of the society—the society's splendid. She goes round everywhere; she has made a great number of acquaintances. Of course she goes round more than I do. I must say they have been very sociable; they have taken her right in. And then she knows a great many gentlemen. Oh, she thinks there's nothing like Rome. Of course, it's a great deal pleasanter for a young lady if she knows plenty of gentlemen."

By this time Daisy had turned her attention again to Winterbourne. "I've been telling Mrs. Walker how mean you were!" the young girl announced.

"And what is the evidence you have offered?" asked Winterbourne, rather annoyed at Miss Miller's want of appreciation of the zeal of an admirer who on his way down to Rome had stopped neither at Bologna nor at Florence, simply because of a certain sentimental impatience. He remembered that a cynical compatriot had once told him that American women—the pretty ones, and this gave a largeness to the axiom—were at once the most exacting in the world and the least endowed with a sense of indebtedness.

"Why, you were awfully mean at Vevey," said Daisy. "You wouldn't do anything. You wouldn't stay there when I asked you."

"My dearest young lady," cried Winterbourne, with eloquence, "have I come all the way to Rome to encounter your reproaches?"

"Just hear him say that!" said Daisy to her hostess, giving a twist to a bow on this lady's dress. "Did you ever hear anything so quaint?"

"So quaint, my dear?" murmured Mrs. Walker in the tone of a partisan of Winterbourne.

"Well, I don't know," said Daisy, fingering Mrs. Walker's ribbons. "Mrs. Walker, I want to tell you something."

"Mother-r," interposed Randolph, with his rough ends to his words, "I tell you you've got to go. Eugenio'll raise—something!"

y ella declaró que Daisy estaba bastante entusiasmada. «Es por la sociedad; la sociedad es espléndida. Ella sale a todas partes; ha hecho un gran número de conocidos. Por supuesto, ella da más vueltas que yo. Debo decir que han sido muy sociables; la han acogido muy bien. Y además conoce a muchos caballeros. Oh, ella piensa que no hay nada como Roma. Por supuesto, es mucho más agradable para una joven si conoce a muchos caballeros».

Para entonces, Daisy había vuelto a centrar su atención en Winterbourne. «¡Le he estado diciendo a Mrs. Walker lo malo que fue!», anunció la joven.

«¿Y cuál es la prueba que ha ofrecido?», preguntó Winterbourne, bastante molesto por la falta de aprecio de Miss Miller hacia el celo de un admirador que en su viaje a Roma no se había detenido ni en Bolonia ni en Florencia, simplemente por cierta impaciencia sentimental. Recordó que un cínico compatriota le había dicho una vez que las mujeres americanas —las guapas, y esto daba una amplitud al axioma— eran a la vez las más exigentes del mundo y las menos dotadas de sentido del deber.

«Vaya, fue terriblemente malo en Vevey», dijo Daisy. «No quería hacer nada. No quiso quedarse allí cuando se lo pedí».

«Mi queridísima joven», gritó Winterbourne, con elocuencia, «¿he venido hasta Roma para encontrarme con sus reproches?».

«¡Escúchele decir eso!», dijo Daisy a su anfitriona, dando una vuelta a un lazo del vestido de esta señora. «¿Ha oído alguna vez algo tan pintoresco?».

«¿Tan pintoresco, querida?», murmuró Mrs. Walker en tono de partidaria de Winterbourne.

«Bueno, no lo sé», dijo Daisy, tocando las cintas de Mrs. Walker. «Mrs. Walker, quiero decirle algo».

«Madre...e», interpuso Randolph, con sus ásperos finales a las palabras, «te digo que tienes que irte. Eugenio levantará... algo!».

"I'm not afraid of Eugenio," said Daisy with a toss of her head. "Look here, Mrs. Walker," she went on, "you know I'm coming to your party."

"I am delighted to hear it."

"I've got a lovely dress!"

"I am very sure of that."

"But I want to ask a favor—permission to bring a friend."

"I shall be happy to see any of your friends," said Mrs. Walker, turning with a smile to Mrs. Miller.

"Oh, they are not my friends," answered Daisy's mamma, smiling shyly in her own fashion. "I never spoke to them."

"It's an intimate friend of mine—Mr. Giovanelli," said Daisy without a tremor in her clear little voice or a shadow on her brilliant little face.

Mrs. Walker was silent a moment; she gave a rapid glance at Winterbourne. "I shall be glad to see Mr. Giovanelli," she then said.

"He's an Italian," Daisy pursued with the prettiest serenity. "He's a great friend of mine; he's the handsomest man in the world—except Mr. Winterbourne! He knows plenty of Italians, but he wants to know some Americans. He thinks ever so much of Americans. He's tremendously clever. He's perfectly lovely!"

It was settled that this brilliant personage should be brought to Mrs. Walker's party, and then Mrs. Miller prepared to take her leave. "I guess we'll go back to the hotel," she said.

"You may go back to the hotel, Mother, but I'm going to take a walk," said Daisy.

"She's going to walk with Mr. Giovanelli," Randolph proclaimed.

"I am going to the Pincio," said Daisy, smiling.

«No le tengo miedo a Eugenio», dijo Daisy sacudiendo la cabeza. «Mire, Mrs. Walker», continuó, «sabe que vendré a su fiesta».

«Estoy encantada de oírlo».

«¡Tengo un vestido precioso!».

«Estoy muy segura de ello».

«Pero quiero pedir un favor... permiso para traer a un amigo».

«Estaré encantada de ver a cualquiera de sus amigos», dijo Mrs. Walker, volviéndose con una sonrisa hacia Mrs. Miller.

«Oh, no son amigos míos», respondió la mamá de Daisy, sonriendo tímidamente a su manera. «Nunca he hablado con ellos».

«Es un amigo íntimo mío... Mr. Giovanelli», dijo Daisy sin un temblor en su vocecita clara ni una sombra en su carita brillante.

Mrs. Walker guardó silencio un momento; lanzó una rápida mirada a Winterbourne. «Me alegraré de ver a Mr. Giovanelli», dijo entonces.

«Es italiano», prosiguió Daisy con la más hermosa serenidad. «Es un gran amigo mío; es el hombre más guapo del mundo... ¡excepto por Mr. Winterbourne! Conoce a muchos italianos, pero quiere conocer a algunos americanos. Piensa mucho en los americanos. Es tremendamente inteligente. Es perfectamente encantador».

Se acordó traer a este brillante personaje a la fiesta de Mrs. Walker, y entonces Mrs. Miller se preparó para despedirse. «Supongo que volveremos al hotel», dijo.

«Puedes volver al hotel, madre, pero yo voy a dar un paseo», dijo Daisy.

«Va a pasear con Mr. Giovanelli», proclamó Randolph.

«Me voy al Pincio», dijo Daisy, sonriendo.

"Alone, my dear—at this hour?" Mrs. Walker asked. The afternoon was drawing to a close—it was the hour for the throng of carriages and of contemplative pedestrians. "I don't think it's safe, my dear," said Mrs. Walker.

"Neither do I," subjoined Mrs. Miller. "You'll get the fever, as sure as you live. Remember what Dr. Davis told you!"

"Give her some medicine before she goes," said Randolph.

The company had risen to its feet; Daisy, still showing her pretty teeth, bent over and kissed her hostess. "Mrs. Walker, you are too perfect," she said. "I'm not going alone; I am going to meet a friend."

"Your friend won't keep you from getting the fever," Mrs. Miller observed.

"Is it Mr. Giovanelli?" asked the hostess.

Winterbourne was watching the young girl; at this question his attention quickened. She stood there, smiling and smoothing her bonnet ribbons; she glanced at Winterbourne. Then, while she glanced and smiled, she answered, without a shade of hesitation, "Mr. Giovanelli—the beautiful Giovanelli."

"My dear young friend," said Mrs. Walker, taking her hand pleadingly, "don't walk off to the Pincio at this hour to meet a beautiful Italian."

"Well, he speaks English," said Mrs. Miller.

"Gracious me!" Daisy exclaimed, "I don't to do anything improper. There's an easy way to settle it." She continued to glance at Winterbourne. "The Pincio is only a hundred yards distant; and if Mr. Winterbourne were as polite as he pretends, he would offer to walk with me!"

Winterbourne's politeness hastened to affirm itself, and the young girl gave him gracious leave to accompany her. They passed downstairs before her mother, and at the door Winterbourne perceived

«¿Sola, querida... a esta hora?», preguntó Mrs. Walker. La tarde estaba llegando a su fin... era la hora en que se aglomeran los carruajes y se encuentran peatones contemplativos. «No creo que sea seguro, querida», dijo Mrs. Walker.

«Yo tampoco», añadió Mrs. Miller. «Tendrás fiebre, tan seguro como que vives. Recuerda lo que te dijo el Dr. Davis».

«Denle alguna medicina antes de que se vaya», dijo Randolph.

El grupo se había puesto en pie; Daisy, mostrando aún sus bonitos dientes, se inclinó y besó a su anfitriona. «Mrs. Walker, es usted demasiado perfecta», dijo. «No voy sola; voy a encontrarme con un amigo».

«Su amigo no evitará que le dé fiebre», observó Mrs. Miller.

«¿Es Mr. Giovanelli?», preguntó la anfitriona.

Winterbourne observaba a la joven; ante esta pregunta su atención se aguzó. Ella estaba de pie, sonriendo y alisándose las cintas del bonete; miró a Winterbourne. Luego, mientras miraba y sonreía, contestó, sin un ápice de vacilación: «Mr. Giovanelli... el bello Giovanelli».

«Mi querida y joven amiga», dijo Mrs. Walker, cogiéndole la mano suplicante, «no vaya al Pincio a estas horas para encontrarse con un bello italiano».

«Bueno, habla inglés», dijo Mrs. Miller.

«¡Válgame Dios!», exclamó Daisy, «no quiero hacer nada impropio. Hay una manera fácil de arreglarlo». Siguió mirando a Winterbourne. «El Pincio está a sólo cien yardas de distancia; y si Mr. Winterbourne fuera tan cortés como pretende, ¡se ofrecería a caminar conmigo!».

La cortesía de Winterbourne se apresuró a afirmarse y la joven le dio gentil autorización para acompañarla. Bajaron las escaleras antes que su madre, y en la puerta Winterbourne percibió el carruaje de Mrs. Mi-

Mrs. Miller's carriage drawn up, with the ornamental courier whose acquaintance he had made at Vevey seated within. "Goodbye, Eugenio!" cried Daisy; "I'm going to take a walk." The distance from the Via Gregoriana to the beautiful garden at the other end of the Pincian Hill is, in fact, rapidly traversed. As the day was splendid, however, and the concourse of vehicles, walkers, and loungers numerous, the young Americans found their progress much delayed. This fact was highly agreeable to Winterbourne, in spite of his consciousness of his singular situation. The slow-moving, idly gazing Roman crowd bestowed much attention upon the extremely pretty young foreign lady who was passing through it upon his arm; and he wondered what on earth had been in Daisy's mind when she proposed to expose herself, unattended, to its appreciation. His own mission, to her sense, apparently, was to consign her to the hands of Mr. Giovanelli; but Winterbourne, at once annoyed and gratified, resolved that he would do no such thing.

"Why haven't you been to see me?" asked Daisy. "You can't get out of that."

"I have had the honor of telling you that I have only just stepped out of the train."

"You must have stayed in the train a good while after it stopped!" cried the young girl with her little laugh. "I suppose you were asleep. You have had time to go to see Mrs. Walker."

"I knew Mrs. Walker—" Winterbourne began to explain.

"I know where you knew her. You knew her at Geneva. She told me so. Well, you knew me at Vevey. That's just as good. So you ought to have come." She asked him no other question than this; she began to prattle about her own affairs. "We've got splendid rooms at the hotel; Eugenio says they're the best rooms in Rome. We are going to stay all winter, if we don't die of the fever; and I guess we'll stay then. It's a great deal nicer than I thought; I thought it would be fearfully quiet; I was sure it would be awfully poky. I was sure we should be going round all the time with one of those dreadful old men that explain about the pictures and things. But we only had about a week of that, and now I'm enjoying myself. I know ever so many people, and

ller estacionado, con el ornamental asistente que había conocido en Vevey sentado en su interior. «¡Adiós, Eugenio!», gritó Daisy; «voy a dar un paseo». La distancia que separa la Via Gregoriana del hermoso jardín situado en el otro extremo de la colina pinciana se recorre, de hecho, rápidamente. Sin embargo, como el día era espléndido y la concurrencia de vehículos, paseantes y holgazanes numerosa, los jóvenes americanos encontraron su progreso muy retrasado. Este hecho resultó muy agradable para Winterbourne, a pesar de ser consciente de su singular situación. La muchedumbre romana, de movimientos lentos y mirada ociosa, concedía mucha atención a la joven extranjera, extremadamente guapa, que lo llevaba del brazo; y él se preguntaba qué demonios había pasado por la mente de Daisy cuando se propuso exponerse, desatendida, a su apreciación. Su propia misión, a su parecer, era entregarla a las manos de Mr. Giovanelli; pero Winterbourne, a la vez molesto y gratificado, resolvió que no haría tal cosa.

«¿Por qué no ha ido a verme?», preguntó Daisy. «No puede librarse de eso».

«He tenido el honor de decirle que acabo de bajarme del tren».

«¡Debió quedarse en el tren un buen rato después de que parara!», gritó la joven con su risita. «Supongo que estaba dormido. Ha tenido tiempo de ir a ver a Mrs. Walker».

«Conocía a Mrs. Walker...», empezó a explicar Winterbourne.

«Sé dónde la conoció. La conoció en Ginebra. Ella me lo dijo. Bueno, usted me conoció en Vevey. Eso es igual de bueno. Así que debería haber venido». No le hizo más preguntas que ésta; empezó a parlotear sobre sus propios asuntos. «Tenemos unas habitaciones espléndidas en el hotel; Eugenio dice que son las mejores de Roma. Vamos a quedarnos todo el invierno, si no nos morimos de fiebre; y supongo que por lo tanto nos quedaremos aquí. Es mucho más bonito de lo que pensaba; creía que sería terriblemente tranquilo; estaba segura de que sería terriblemente cutre. Estaba segura de que daríamos vueltas todo el tiempo con uno de esos espantosos viejos que explican lo de los cuadros y esas cosas. Pero sólo tuvimos una semana de eso, y ahora estoy disfrutando.

they are all so charming. The society's extremely select. There are all kinds—English, and Germans, and Italians. I think I like the English best. I like their style of conversation. But there are some lovely Americans. I never saw anything so hospitable. There's something or other every day. There's not much dancing; but I must say I never thought dancing was everything. I was always fond of conversation. I guess I shall have plenty at Mrs. Walker's, her rooms are so small." When they had passed the gate of the Pincian Gardens, Miss Miller began to wonder where Mr. Giovanelli might be. "We had better go straight to that place in front," she said, "where you look at the view."

"I certainly shall not help you to find him," Winterbourne declared.

"Then I shall find him without you," cried Miss Daisy.

"You certainly won't leave me!" cried Winterbourne.

She burst into her little laugh. "Are you afraid you'll get lost—or run over? But there's Giovanelli, leaning against that tree. He's staring at the women in the carriages: did you ever see anything so cool?"

Winterbourne perceived at some distance a little man standing with folded arms nursing his cane. He had a handsome face, an artfully poised hat, a glass in one eye, and a nosegay in his buttonhole. Winterbourne looked at him a moment and then said, "Do you mean to speak to that man?"

"Do I mean to speak to him? Why, you don't suppose I mean to communicate by signs?"

"Pray understand, then," said Winterbourne, "that I intend to remain with you."

Daisy stopped and looked at him, without a sign of troubled consciousness in her face, with nothing but the presence of her charming eyes and her happy dimples. "Well, she's a cool one!" thought the young man.

Conozco a muchísima gente, y todos son encantadores. La sociedad es muy selecta. Hay de todo: ingleses, alemanes e italianos. Creo que me gustan más los ingleses. Me gusta su estilo de conversación. Pero hay algunos americanos encantadores. Nunca vi nada tan hospitalario. Hay una cosa u otra todos los días. No hay mucho baile; pero debo decir que nunca pensé que bailar lo fuera todo. Siempre me gustó la conversación. Supongo que tendré mucha conversación en casa de Mrs. Walker, sus habitaciones son tan pequeñas». Cuando hubieron pasado la puerta de los Jardines de Pincio, Miss Miller empezó a preguntarse dónde estaría Mr. Giovanelli. «Será mejor que vayamos directamente a ese lugar de enfrente», dijo, «desde donde se contempla el paisaje».

«Desde luego, no le ayudaré a encontrarlo», declaró Winterbourne.

«Entonces lo encontraré sin usted», gritó Miss Daisy.

«¡Seguro que no me dejará!», gritó Winterbourne.

Ella estalló en su pequeña carcajada. «¿Tienes miedo de perderse... o de que le atropellen? Pero ahí está Giovanelli, apoyado en ese árbol. Está mirando fijamente a las mujeres de los carruajes: ¿ha visto alguna vez algo tan genial?».

Winterbourne percibió a cierta distancia a un hombrecillo de pie, con los brazos cruzados, que cuidaba su bastón. Tenía un rostro apuesto, un sombrero ingeniosamente colocado, un anteojo en un ojo y un ramillete de flores en el ojal. Winterbourne lo miró un momento y luego dijo: «¿Usted pretende hablar con ese hombre?».

«¿Si pretendo hablarle? ¿Supone que pretendo comunicarme por señas?».

«Le ruego que comprenda, entonces», dijo Winterbourne, «que tengo la intención de quedarme con usted».

Daisy se detuvo y le miró, sin un signo de conciencia turbada en su rostro, con nada más que la presencia de sus encantadores ojos y sus felices hoyuelos. «¡Vaya, es una desvergonzada!», pensó el joven.

"I don't like the way you say that," said Daisy. "It's too imperious."

"I beg your pardon if I say it wrong. The main point is to give you an idea of my meaning."

The young girl looked at him more gravely, but with eyes that were prettier than ever. "I have never allowed a gentleman to dictate to me, or to interfere with anything I do."

"I think you have made a mistake," said Winterbourne. "You should sometimes listen to a gentleman—the right one."

Daisy began to laugh again. "I do nothing but listen to gentlemen!" she exclaimed. "Tell me if Mr. Giovanelli is the right one?"

The gentleman with the nosegay in his bosom had now perceived our two friends, and was approaching the young girl with obsequious rapidity. He bowed to Winterbourne as well as to the latter's companion; he had a brilliant smile, an intelligent eye; Winterbourne thought him not a bad-looking fellow. But he nevertheless said to Daisy, "No, he's not the right one."

Daisy evidently had a natural talent for performing introductions; she mentioned the name of each of her companions to the other. She strolled alone with one of them on each side of her; Mr. Giovanelli, who spoke English very cleverly—Winterbourne afterward learned that he had practiced the idiom upon a great many American heiresses—addressed her a great deal of very polite nonsense; he was extremely urbane, and the young American, who said nothing, reflected upon that profundity of Italian cleverness which enables people to appear more gracious in proportion as they are more acutely disappointed. Giovanelli, of course, had counted upon something more intimate; he had not bargained for a party of three. But he kept his temper in a manner which suggested far-stretching intentions. Winterbourne flattered himself that he had taken his measure. "He is not a gentleman," said the young American; "he is only a clever imitation of one. He is a music master, or a penny-a-liner, or a third-rate artist. D__n his good looks!" Mr. Giovanelli had certainly a very pretty face; but Winterbourne felt a superior indignation at his own lovely fellow countrywoman's not knowing the difference between a spuri-

«No me gusta cómo lo dice», dijo Daisy. «Es demasiado imperioso».

«Le ruego me disculpe si lo digo mal. Lo principal es darle una idea de lo que quiero decir».

La joven le miró más gravemente, pero con unos ojos más bonitos que nunca. «Nunca he permitido que un caballero me dicte, ni que interfiera en nada de lo que hago».

«Creo que ha cometido un error», dijo Winterbourne. «A veces debería escuchar a un caballero... al caballero adecuado».

Daisy comenzó a reír de nuevo. «¡No hago más que escuchar a los caballeros!», exclamó. «Dígame si Mr. Giovanelli es el adecuado».

El caballero con el ramillete de flores en el pecho había percibido ahora a nuestros dos amigos y se acercaba a la joven con obsequiosa rapidez. Hizo una reverencia tanto a Winterbourne como a la acompañante de éste; tenía una sonrisa brillante, una mirada inteligente; Winterbourne pensó que tuviera mala apariencia. Sin embargo, le dijo a Daisy: «No, no es el adecuado».

Evidentemente, Daisy tenía un talento natural para hacer presentaciones; mencionó el nombre de cada uno de sus acompañantes al otro. Paseaba sola, con uno de ellos a cada lado; Mr. Giovanelli, que hablaba inglés muy hábilmente —Winterbourne supo después que había practicado el idioma con un gran número de herederas americanas— le dijo una gran cantidad de tonterías muy educadas; era extremadamente urbano, y la joven americana, que no dijo nada, reflexionó sobre esa profundidad de la astucia italiana que permite a las personas parecer más graciosas en la medida en que están más agudamente decepcionadas. Giovanelli, por supuesto, había contado con algo más íntimo; no había negociado una partida de tres. Pero mantuvo su temperamento de una manera que sugería intenciones de largo alcance. Winterbourne se halagó de haber tomado esa medida. «No es un caballero», dijo el joven americano; «sólo es una hábil imitación de uno. Es un maestro de música, o un vividor, o un artista de tercera. Mald...a su buena apariencia!». Mr. Giovanelli tenía ciertamente una cara muy bonita; pero Winterbourne sintió una indignación superior ante el hecho de que su encantadora compatriota no supiera distinguir entre un caballero espu-

ous gentleman and a real one. Giovanelli chattered and jested and made himself wonderfully agreeable. It was true that, if he was an imitation, the imitation was brilliant. "Nevertheless," Winterbourne said to himself, "a nice girl ought to know!" And then he came back to the question whether this was, in fact, a nice girl. Would a nice girl, even allowing for her being a little American flirt, make a rendezvous with a presumably low-lived foreigner? The rendezvous in this case, indeed, had been in broad daylight and in the most crowded corner of Rome, but was it not impossible to regard the choice of these circumstances as a proof of extreme cynicism? Singular though it may seem, Winterbourne was vexed that the young girl, in joining her *amoroso,* should not appear more impatient of his own company, and he was vexed because of his inclination. It was impossible to regard her as a perfectly well-conducted young lady; she was wanting in a certain indispensable delicacy. It would therefore simplify matters greatly to be able to treat her as the object of one of those sentiments which are called by romancers "lawless passions." That she should seem to wish to get rid of him would help him to think more lightly of her, and to be able to think more lightly of her would make her much less perplexing. But Daisy, on this occasion, continued to present herself as an inscrutable combination of audacity and innocence.

She had been walking some quarter of an hour, attended by her two cavaliers, and responding in a tone of very childish gaiety, as it seemed to Winterbourne, to the pretty speeches of Mr. Giovanelli, when a carriage that had detached itself from the revolving train drew up beside the path. At the same moment Winterbourne perceived that his friend Mrs. Walker—the lady whose house he had lately left—was seated in the vehicle and was beckoning to him. Leaving Miss Miller's side, he hastened to obey her summons. Mrs. Walker was flushed; she wore an excited air. "It is really too dreadful," she said. "That girl must not do this sort of thing. She must not walk here with you two men. Fifty people have noticed her."

Winterbourne raised his eyebrows. "I think it's a pity to make too much fuss about it."

"It's a pity to let the girl ruin herself!"

"She is very innocent," said Winterbourne.

rio y uno de verdad. Giovanelli parloteaba y bromeaba y era maravillosamente agradable. Era cierto que, si era una imitación, la imitación era brillante. «Sin embargo», se dijo Winterbourne, «¡una buena muchacha debería saberlo!». Y entonces volvió a la pregunta de si se trataba, de hecho, de una buena muchacha. ¿Acaso una muchacha buena, incluso teniendo en cuenta que es un poco coqueta a la americana, tendría una cita con un extranjero presumiblemente de baja estofa? La cita en este caso, en efecto, había sido a plena luz del día y en la esquina más concurrida de Roma, pero ¿no era imposible considerar la elección de estas circunstancias como una prueba de cinismo extremo? Por singular que pareciera, a Winterbourne le irritaba que la joven, al unirse a su *amoroso,* no pareciera más impaciente por su propia compañía, y le irritaba por su inclinación. Era imposible considerarla una joven perfectamente bien educada; le faltaba cierta delicadeza indispensable. Por lo tanto, simplificaría mucho las cosas poder tratarla como objeto de uno de esos sentimientos que los románticos llaman «pasiones sin ley». Que ella pareciera desear deshacerse de él le ayudaría a pensar con más ligereza en ella, y poder pensar con más ligereza en ella lo haría todo mucho menos desconcertante. Pero Daisy, en esta ocasión, siguió presentándose como una combinación inescrutable de audacia e inocencia.

Llevaba caminando un cuarto de hora, atendida por sus dos caballeros, y respondiendo en un tono de alegría muy infantil —según le pareció a Winterbourne— a los bonitos discursos de Mr. Giovanelli, cuando un carruaje que se había desprendido de la rotonda se detuvo junto al camino. En ese mismo momento, Winterbourne percibió que su amiga, Mrs. Walker —la dama cuya casa había abandonado hacía poco—, estaba sentada en el vehículo y le hacía señas. Alejándose de Miss Miller, se apresuró a obedecer su llamada. Mrs. Walker estaba sonrojada; tenía un aire excitado. «Es realmente espantoso», dijo. «Esa muchacha no debe hacer este tipo de cosas. No debe pasear por aquí con ustedes dos. Cincuenta personas se han fijado en ella».

Winterbourne enarcó las cejas. «Creo que es una pena hacer demasiado alboroto al respecto».

«¡Es una pena dejar que la muchacha se arruine!».

«Es muy inocente», dijo Winterbourne.

"She's very crazy!" cried Mrs. Walker. "Did you ever see anything so imbecile as her mother? After you had all left me just now, I could not sit still for thinking of it. It seemed too pitiful, not even to attempt to save her. I ordered the carriage and put on my bonnet, and came here as quickly as possible. Thank Heaven I have found you!"

"What do you propose to do with us?" asked Winterbourne, smiling.

"To ask her to get in, to drive her about here for half an hour, so that the world may see she is not running absolutely wild, and then to take her safely home."

"I don't think it's a very happy thought," said Winterbourne; "but you can try."

Mrs. Walker tried. The young man went in pursuit of Miss Miller, who had simply nodded and smiled at his interlocutor in the carriage and had gone her way with her companion. Daisy, on learning that Mrs. Walker wished to speak to her, retraced her steps with a perfect good grace and with Mr. Giovanelli at her side. She declared that she was delighted to have a chance to present this gentleman to Mrs. Walker. She immediately achieved the introduction, and declared that she had never in her life seen anything so lovely as Mrs. Walker's carriage rug.

"I am glad you admire it," said this lady, smiling sweetly. "Will you get in and let me put it over you?"

"Oh, no, thank you," said Daisy. "I shall admire it much more as I see you driving round with it."

"Do get in and drive with me!" said Mrs. Walker.

"That would be charming, but it's so enchanting just as I am!" and Daisy gave a brilliant glance at the gentlemen on either side of her.

"It may be enchanting, dear child, but it is not the custom here,"

«¡Está muy loca!», gritó Mrs. Walker. «¿Ha visto alguna vez algo tan imbécil como su madre? Después de que todos ustedes me dejaran hace un momento, no pude quedarme quieta pensando en ella. Me parecía demasiado lamentable no intentar salvarla. Pedí el carruaje, me puse el bonete y vine aquí lo más rápido posible. Gracias a Dios que le he encontrado».

«¿Qué se propone hacer con nosotros?», preguntó Winterbourne, sonriendo.

«Pedirle que suba, llevarla en coche por aquí durante media hora, para que el mundo vea que no está absolutamente desbocada, y luego llevarla sana y salva a casa».

«No creo que sea un pensamiento muy feliz», dijo Winterbourne; «pero puede intentarlo».

Mrs. Walker lo intentó. El joven salió en persecución de Miss Miller, que se había limitado a asentir y sonreír a su interlocutora en el carruaje y había seguido su camino con su acompañante. Daisy, al enterarse de que Mrs. Walker deseaba hablar con ella, volvió sobre sus pasos con muy buen talante y con el señor Giovanelli a su lado. Declaró que estaba encantada de tener la oportunidad de presentar a este caballero a Mrs. Walker. Inmediatamente llevó a cabo la presentación, y declaró que nunca en su vida había visto nada tan encantador como la manta del carruaje de Mrs. Walker.

«Me alegro de que lo admire», dijo esta señora, sonriendo dulcemente. «¿Quiere subirse y dejar que se la ponga por encima?».

«Oh, no, gracias», dijo Daisy. «La admiraré mucho más cuando la vea a usted paseando con ella».

«¡Suba y pase conmigo!», dijo Mrs. Walker.

«¡Eso sería encantador, pero mi condición es adorable tal como está!», y Daisy lanzó una brillante mirada a los caballeros que tenía a ambos lados.

«Puede ser adorable, querida niña, pero no es la costumbre aquí»,

urged Mrs. Walker, leaning forward in her victoria, with her hands devoutly clasped.

"Well, it ought to be, then!" said Daisy. "If I didn't walk I should expire."

"You should walk with your mother, dear," cried the lady from Geneva, losing patience.

"With my mother dear!" exclaimed the young girl. Winterbourne saw that she scented interference. "My mother never walked ten steps in her life. And then, you know," she added with a laugh, "I am more than five years old."

"You are old enough to be more reasonable. You are old enough, dear Miss Miller, to be talked about."

Daisy looked at Mrs. Walker, smiling intensely. "Talked about? What do you mean?"

"Come into my carriage, and I will tell you."

Daisy turned her quickened glance again from one of the gentlemen beside her to the other. Mr. Giovanelli was bowing to and fro, rubbing down his gloves and laughing very agreeably; Winterbourne thought it a most unpleasant scene. "I don't think I want to know what you mean," said Daisy presently. "I don't think I should like it."

Winterbourne wished that Mrs. Walker would tuck in her carriage rug and drive away, but this lady did not enjoy being defied, as she afterward told him. "Should you prefer being thought a very reckless girl?" she demanded.

"Gracious!" exclaimed Daisy. She looked again at Mr. Giovanelli, then she turned to Winterbourne. There was a little pink flush in her cheek; she was tremendously pretty. "Does Mr. Winterbourne think," she asked slowly, smiling, throwing back her head, and glancing at him from head to foot, "that, to save my reputation, I ought to get into the carriage?"

insistió Mrs. Walker, inclinándose hacia delante en su victoria, con las manos devotamente entrelazadas.

«¡Pues así tiene que ser!», dijo Daisy. «Si no caminara, expiraría».

«Debería pasear con su madre, querida», gritó la ginebrina, perdiendo la paciencia.

«¡Con mi madre, querida!», exclamó la joven. Winterbourne vio que ella olía a interferencia. «Mi madre no ha caminado ni diez pasos en su vida. Y además», añadió riendo, «tengo más de cinco años».

«Ya es mayor para ser más razonable. Ya es mayor, querida Mrs. Miller, para que se hable de usted».

Daisy miró a Mrs. Walker, sonriendo intensamente. «¿Que se hable de mí? ¿Qué quiere decir?».

«Venga a mi carruaje y se lo contaré».

Daisy volvió a dirigir su aguzada mirada de uno a otro de los caballeros que estaban a su lado. Mr. Giovanelli se inclinaba de un lado a otro, frotándose los guantes y riendo muy agradablemente; a Winterbourne le pareció una escena de lo más desagradable. «No creo que yo quiera saber a qué se refiere», dijo Daisy en ese momento. «Creo que no me gustaría».

Winterbourne deseaba que Mrs. Walker se arrebujara en la manta de su carruaje y se marchara, pero a esta dama no le gustaba que la desafiaran, como le dijo después. «¿Preferiría que la consideraran una muchacha muy imprudente?», preguntó ella.

«¡Dios mío!», exclamó Daisy. Miró de nuevo a Mr. Giovanelli y luego se volvió hacia Winterbourne. Había un pequeño rubor rosado en su mejilla; era tremendamente bella. «¿Cree Mr. Winterbourne», preguntó lentamente, sonriendo, echando la cabeza hacia atrás y mirándole de pies a cabeza, «que, para salvar mi reputación, debería subir al carruaje?».

Winterbourne colored; for an instant he hesitated greatly. It seemed so strange to hear her speak that way of her "reputation." But he himself, in fact, must speak in accordance with gallantry. The finest gallantry, here, was simply to tell her the truth; and the truth, for Winterbourne, as the few indications I have been able to give have made him known to the reader, was that Daisy Miller should take Mrs. Walker's advice. He looked at her exquisite prettiness, and then he said, very gently, "I think you should get into the carriage."

Daisy gave a violent laugh. "I never heard anything so stiff! If this is improper, Mrs. Walker," she pursued, "then I am all improper, and you must give me up. Goodbye; I hope you'll have a lovely ride!" and, with Mr. Giovanelli, who made a triumphantly obsequious salute, she turned away.

Mrs. Walker sat looking after her, and there were tears in Mrs. Walker's eyes. "Get in here, sir," she said to Winterbourne, indicating the place beside her. The young man answered that he felt bound to accompany Miss Miller, whereupon Mrs. Walker declared that if he refused her this favor she would never speak to him again. She was evidently in earnest. Winterbourne overtook Daisy and her companion, and, offering the young girl his hand, told her that Mrs. Walker had made an imperious claim upon his society. He expected that in answer she would say something rather free, something to commit herself still further to that "recklessness" from which Mrs. Walker had so charitably endeavored to dissuade her. But she only shook his hand, hardly looking at him, while Mr. Giovanelli bade him farewell with a too emphatic flourish of the hat.

Winterbourne was not in the best possible humor as he took his seat in Mrs. Walker's victoria. "That was not clever of you," he said candidly, while the vehicle mingled again with the throng of carriages.

"In such a case," his companion answered, "I don't wish to be clever; I wish to be *earnest!*"

"Well, your earnestness has only offended her and put her off."

"It has happened very well," said Mrs. Walker. "If she is so perfectly

Winterbourne tomó color; por un instante dudó mucho. Parecía tan extraño oírla hablar así de su «reputación». Pero él mismo, de hecho, debía hablar de acuerdo con la galantería. La más fina galantería, en este caso, consistía simplemente en decirle la verdad; y la verdad, para Winterbourne, como las pocas indicaciones que he podido dar le han hecho saber al lector, era que Daisy Miller debía seguir el consejo de Mrs. Walker. Miró su exquisita belleza, y luego le dijo, muy suavemente: «Creo que debería subir al carruaje».

Daisy soltó una violenta carcajada. «¡Nunca había oído nada tan duro! Si esto es impropio, Mrs. Walker», prosiguió, «entonces yo soy totalmente impropia y debe renunciar a mí. Adiós; ¡espero que tenga un paseo encantador!», y, con Mr. Giovanelli, que hizo un saludo triunfalmente obsequioso, se alejó.

Mrs. Walker estaba sentada mirándola, y había lágrimas en los ojos de Mrs. Walker. «Suba aquí, señor», le dijo a Winterbourne, indicándole el lugar a su lado. El joven contestó que se sentía obligado a acompañar a Miss Miller, ante lo cual Mrs. Walker declaró que si le negaba este favor no volvería a dirigirle la palabra. Evidentemente lo decía en serio. Winterbourne alcanzó a Daisy y a su acompañante y, ofreciéndole la mano a la joven, le dijo que Mrs. Walker había reclamado imperiosamente su compañía. Él esperaba que en respuesta ella dijera algo más bien gratuito, algo para comprometerse aún más con esa «imprudencia» de la que Mrs. Walker se había esforzado tan caritativamente en disuadirla. Pero ella se limitó a estrecharle la mano, sin apenas mirarle, mientras Mr. Giovanelli se despedía de él con una floritura demasiado enfática del sombrero.

Winterbourne no estaba del mejor humor posible cuando tomó asiento en la victoria de Mrs. Walker. «Eso no ha sido inteligente de su parte», dijo con franqueza, mientras el vehículo se mezclaba de nuevo con la multitud de carruajes.

«En tal caso», respondió su compañera, «no deseo ser inteligente; ¡deseo ser *seria!*».

«Bueno, su seriedad sólo la ha ofendido y desanimado».

«Todo ha ido muy bien», dijo Mrs. Walker. «Si está tan perfectamente

determined to compromise herself, the sooner one knows it the better; one can act accordingly."

"I suspect she meant no harm," Winterbourne rejoined.

"So I thought a month ago. But she has been going too far."

"What has she been doing?"

"Everything that is not done here. Flirting with any man she could pick up; sitting in corners with mysterious Italians; dancing all the evening with the same partners; receiving visits at eleven o'clock at night. Her mother goes away when visitors come."

"But her brother," said Winterbourne, laughing, "sits up till midnight."

"He must be edified by what he sees. I'm told that at their hotel everyone is talking about her, and that a smile goes round among all the servants when a gentleman comes and asks for Miss Miller."

"The servants be hanged!" said Winterbourne angrily. "The poor girl's only fault," he presently added, "is that she is very uncultivated."

"She is naturally indelicate," Mrs. Walker declared.

"Take that example this morning. How long had you known her at Vevey?"

"A couple of days."

"Fancy, then, her making it a personal matter that you should have left the place!"

Winterbourne was silent for some moments; then he said, "I suspect, Mrs. Walker, that you and I have lived too long at Geneva!" And he added a request that she should inform him with what particular design she had made him enter her carriage.

decidida a arriesgarse, cuanto antes lo sepa una, mejor; se puede actuar en consecuencia».

«Sospecho que no pretendía hacer daño», replicó Winterbourne.

«Eso pensaba yo hace un mes. Pero ha ido demasiado lejos».

«¿Qué ha estado haciendo?».

«Todo lo que no se hace aquí. Coquetear con cualquier hombre que pudiera encontrar; sentarse en las esquinas con italianos misteriosos; bailar toda la noche con la misma pareja; recibir visitas a las once de la noche. Su madre se va cuando vienen visitas».

«Pero su hermano», dijo Winterbourne riendo, «se queda hasta medianoche».

«Él debe sentirse edificado por lo que ve. Me han dicho que en su hotel todo el mundo habla de ella, y que una sonrisa recorre a todos los criados cuando viene un caballero y pregunta por Miss Miller».

«¡Qué importan los criados!», dijo Winterbourne con enfado. «El único defecto de la pobre muchacha», añadió enseguida, «es que es muy inculta».

«Es poco delicada por naturaleza», declaró Mrs. Walker.

«Tomemos el ejemplo de esta mañana. ¿Cuánto tiempo hacía que usted la conocía en Vevey?».

«Un par de días».

«¡Qué interesante, entonces, que ella convierta en un asunto personal el hecho que usted debía abandonar la ciudad!».

Winterbourne guardó silencio unos instantes; luego dijo: «¡Sospecho, Mrs. Walker, que usted y yo hemos vivido demasiado tiempo en Ginebra!». Y añadió una petición para que ella le informara con qué particular designio le había hecho entrar en su carruaje.

"I wished to beg you to cease your relations with Miss Miller—not to flirt with her—to give her no further opportunity to expose herself—to let her alone, in short."

"I'm afraid I can't do that," said Winterbourne. "I like her extremely."

"All the more reason that you shouldn't help her to make a scandal."

"There shall be nothing scandalous in my attentions to her."

"There certainly will be in the way she takes them. But I have said what I had on my conscience," Mrs. Walker pursued. "If you wish to rejoin the young lady I will put you down. Here, by the way, you have a chance."

The carriage was traversing that part of the Pincian Garden that overhangs the wall of Rome and overlooks the beautiful Villa Borghese. It is bordered by a large parapet, near which there are several seats. One of the seats at a distance was occupied by a gentleman and a lady, toward whom Mrs. Walker gave a toss of her head. At the same moment these persons rose and walked toward the parapet. Winterbourne had asked the coachman to stop; he now descended from the carriage. His companion looked at him a moment in silence; then, while he raised his hat, she drove majestically away. Winterbourne stood there; he had turned his eyes toward Daisy and her cavalier. They evidently saw no one; they were too deeply occupied with each other. When they reached the low garden wall, they stood a moment looking off at the great flat-topped pine clusters of the Villa Borghese; then Giovanelli seated himself, familiarly, upon the broad ledge of the wall. The western sun in the opposite sky sent out a brilliant shaft through a couple of cloud bars, whereupon Daisy's companion took her parasol out of her hands and opened it. She came a little nearer, and he held the parasol over her; then, still holding it, he let it rest upon her shoulder, so that both of their heads were hidden from Winterbourne. This young man lingered a moment, then he began to walk. But he walked—not toward the couple with the parasol; toward the residence of his aunt, Mrs. Costello.

«Quería rogarle que cesara en sus relaciones con Miss Miller... que no coquetee con ella... que no le diera más oportunidades de exponerse... que la dejara en paz, en resumen».

«Me temo que no puedo hacerlo», dijo Winterbourne. «Me gusta muchísimo».

«Razón de más para que no le ayude a armar un escándalo».

«No habrá nada escandaloso en mis atenciones hacia ella».

«Ciertamente lo habrá en la forma en que ella las tome. Pero he dicho lo que me remordía la conciencia», prosiguió Mrs. Walker. «Si desea reunirse con la joven puede bajarse. Aquí, por cierto, tiene una oportunidad».

El carruaje atravesaba la parte del Jardín de Pincio que sobresale de la muralla de Roma y domina la hermosa Villa Borghese. Está bordeado por un gran parapeto, cerca del cual hay varios asientos. Uno de los asientos, a cierta distancia, estaba ocupado por un caballero y una dama, hacia los que Mrs. Walker hizo un gesto con la cabeza. En el mismo momento estas personas se levantaron y caminaron hacia el parapeto. Winterbourne había pedido al cochero que se detuviera; ahora descendía del carruaje. Su acompañante le miró un momento en silencio; luego, mientras él levantaba el sombrero, ella se alejó majestuosamente. Winterbourne se quedó allí de pie; había vuelto los ojos hacia Daisy y su caballero. Evidentemente no vieron a nadie; estaban demasiado ocupados el uno con el otro. Cuando llegaron al bajo muro del jardín, se quedaron un momento mirando los grandes grupos de pinos de copa plana de la Villa Borghese; luego Giovanelli se sentó, familiarmente, en el amplio saliente del muro. El sol del oeste, en el cielo opuesto, enviaba un rayo brillante a través de un par de barras de nubes, ante lo cual el compañero de Daisy le quitó la sombrilla de las manos y la abrió. Ella se acercó un poco más y él sostuvo la sombrilla sobre ella; luego, sin dejar de sostenerla, la dejó reposar sobre su hombro, de modo que las cabezas de ambos quedaron ocultas para Winterbourne. El joven se detuvo un momento y luego comenzó a caminar. Pero caminó, no hacia la pareja de la sombrilla, sino hacia la residencia de su tía, Mrs. Costello.

He flattered himself on the following day that there was no smiling among the servants when he, at least, asked for Mrs. Miller at her hotel. This lady and her daughter, however, were not at home; and on the next day after, repeating his visit, Winterbourne again had the misfortune not to find them. Mrs. Walker's party took place on the evening of the third day, and, in spite of the frigidity of his last interview with the hostess, Winterbourne was among the guests. Mrs. Walker was one of those American ladies who, while residing abroad, make a point, in their own phrase, of studying European society, and she had on this occasion collected several specimens of her diversely born fellow mortals to serve, as it were, as textbooks. When Winterbourne arrived, Daisy Miller was not there, but in a few moments he saw her mother come in alone, very shyly and ruefully. Mrs. Miller's hair above her exposed-looking temples was more frizzled than ever. As she approached Mrs. Walker, Winterbourne also drew near.

"You see, I've come all alone," said poor Mrs. Miller. "I'm so frightened; I don't know what to do. It's the first time I've ever been to a party alone, especially in this country. I wanted to bring Randolph or Eugenio, or someone, but Daisy just pushed me off by myself. I ain't used to going round alone."

"And does not your daughter intend to favor us with her society?" demanded Mrs. Walker impressively.

"Well, Daisy's all dressed," said Mrs. Miller with that accent of the dispassionate, if not of the philosophic, historian with which she always recorded the current incidents of her daughter's career. "She got dressed on purpose before dinner. But she's got a friend of hers there; that gentleman—the Italian—that she wanted to bring. They've got going at the piano; it seems as if they couldn't leave off. Mr. Giovanelli sings splendidly. But I guess they'll come before very long," concluded Mrs. Miller hopefully.

"I'm sorry she should come in that way," said Mrs. Walker.

"Well, I told her that there was no use in her getting dressed before dinner if she was going to wait three hours," responded Daisy's mamma. "I didn't see the use of her putting on such a dress as that to sit round with Mr. Giovanelli."

Al día siguiente se halagó de que no hubiera sonrisas entre los criados cuando, al fin, preguntó por Mrs. Miller en su hotel. Esta señora y su hija, sin embargo, no estaban en casa; y al día siguiente, repitiendo su visita, Winterbourne tuvo de nuevo la desgracia de no encontrarlas. La fiesta de Mrs. Walker tuvo lugar la noche del tercer día y, a pesar de la frialdad de su última entrevista con la anfitriona, Winterbourne estuvo entre los invitados. Mrs. Walker era una de esas damas americanas que, mientras residen en el extranjero, se empeñan, según su propia expresión, en estudiar la sociedad europea, y en esta ocasión había reunido varios ejemplares de sus diversamente nacidos compañeros mortales para que sirvieran, por así decirlo, de libros de texto. Cuando Winterbourne llegó, Daisy Miller no estaba allí, pero en unos instantes vio a la madre de ella entrar sola, muy tímida y apenada. El cabello de Mrs. Miller por encima de las sienes, muy expuestas, estaba más encrespado que nunca. Cuando se acercó a Mrs. Walker, Winterbourne también se acercó.

«Ya ve, he venido sola», dijo la pobre Mrs. Miller. «Estoy muy asustada; no sé qué hacer. Es la primera vez que vengo sola a una fiesta, sobre todo en este país. Quería traer a Randolph o a Eugenio, o a alguien, pero Daisy me ha obligado a venir sola. No estoy acostumbrada a andar sola».

«¿Y no tiene su hija la intención de favorecernos con su sociedad?», preguntó impresionada Mrs. Walker.

«Bueno, Daisy ya está vestida», dijo Mrs. Miller con ese acento de historiadora desapasionada, si no filosófica, con el que siempre registraba los incidentes corrientes de la carrera de su hija. «Se vistió a propósito antes de la cena. Pero tiene allí a un amigo suyo; ese caballero —el italiano— que quería traer. Se dirigieron al piano; parece como si no pudieran dejarlo. Mr. Giovanelli canta espléndidamente. Pero supongo que vendrán antes de que pase mucho tiempo», concluyó esperanzada Mrs. Miller.

«Siento que haya tenido que ser de esa manera», dijo Mrs. Walker.

«Bueno, le dije que no tenía sentido que se vistiera antes de cenar si iba a esperar tres horas», respondió la mamá de Daisy. «No veía la utilidad de que se pusiera un vestido así para sentarse con Mr. Giovanelli».

"This is most horrible!" said Mrs. Walker, turning away and addressing herself to Winterbourne. *"Elle s'affiche.* It's her revenge for my having ventured to remonstrate with her. When she comes, I shall not speak to her."

Daisy came after eleven o'clock; but she was not, on such an occasion, a young lady to wait to be spoken to. She rustled forward in radiant loveliness, smiling and chattering, carrying a large bouquet, and attended by Mr. Giovanelli. Everyone stopped talking and turned and looked at her. She came straight to Mrs. Walker. "I'm afraid you thought I never was coming, so I sent mother off to tell you. I wanted to make Mr. Giovanelli practice some things before he came; you know he sings beautifully, and I want you to ask him to sing. This is Mr. Giovanelli; you know I introduced him to you; he's got the most lovely voice, and he knows the most charming set of songs. I made him go over them this evening on purpose; we had the greatest time at the hotel." Of all this Daisy delivered herself with the sweetest, brightest audibleness, looking now at her hostess and now round the room, while she gave a series of little pats, round her shoulders, to the edges of her dress. "Is there anyone I know?" she asked.

"I think every one knows you!" said Mrs. Walker pregnantly, and she gave a very cursory greeting to Mr. Giovanelli. This gentleman bore himself gallantly. He smiled and bowed and showed his white teeth; he curled his mustaches and rolled his eyes and performed all the proper functions of a handsome Italian at an evening party. He sang very prettily half a dozen songs, though Mrs. Walker afterward declared that she had been quite unable to find out who asked him. It was apparently not Daisy who had given him his orders. Daisy sat at a distance from the piano, and though she had publicly, as it were, professed a high admiration for his singing, talked, not inaudibly, while it was going on.

"It's a pity these rooms are so small; we can't dance," she said to Winterbourne, as if she had seen him five minutes before.

"I am not sorry we can't dance," Winterbourne answered; "I don't dance."

«¡Esto es de lo más horrible!», dijo Mrs. Walker, dándose la vuelta y dirigiéndose a Winterbourne. *«Elle s'affiche.* Es su venganza por haberme aventurado a reñir con ella. Cuando venga, no hablaré con ella».

Daisy llegó pasadas las once; pero no era, en semejante ocasión, una jovencita que fuera a esperar a que le hablaran. Se adelantó radiante de hermosura, sonriente y parlanchina, portando un gran ramo, y asistida por Mr. Giovanelli. Todos dejaron de hablar y se volvieron para mirarla. Ella se dirigió directamente a Mrs. Walker. «Me temo que pensó que no iba a venir, así que envié a mi madre para que se lo dijera. Quería que Mr. Giovanelli practicara algunas cosas antes de venir; ya sabe que canta maravillosamente, y quiero que usted le pida que cante. Este es Mr. Giovanelli; ya sabe, yo se lo presenté; tiene una voz encantadora y sabe un conjunto de canciones de lo más encantador. Le hice repasarlas esta noche a propósito; la pasamos muy bien en el hotel». Todo esto Daisy lo entregó con la más dulce y brillante audibilidad, mirando ahora a su anfitriona y ahora alrededor de la habitación, mientras daba una serie de pequeñas palmadas, alrededor de sus hombros, a los bordes de su vestido. «¿Hay alguien a quien conozca?», preguntó.

«¡Creo que todo el mundo la conoce!», dijo elocuentemente Mrs. Walker, y saludó muy superficialmente a Mr. Giovanelli. Este caballero fue muy galante. Sonrió e hizo una reverencia y mostró sus blancos dientes; se rizó los bigotes y se expresó con los ojos y realizó todas las funciones propias de un apuesto italiano en una fiesta nocturna. Cantó muy bellamente media docena de canciones, aunque Mrs. Walker declaró después que había sido incapaz de averiguar quién se lo había pedido. Al parecer, no había sido Daisy quien le había dado las órdenes. Daisy se sentó a cierta distancia del piano, y aunque había profesado públicamente, por así decirlo, una gran admiración por su forma de cantar, habló, no inaudiblemente, mientras él lo hacía.

«Es una pena que estas habitaciones sean tan pequeñas; no podemos bailar», le dijo a Winterbourne, como si le hubiera visto cinco minutos antes.

«No lamento que no podamos bailar», respondió Winterbourne; «yo no bailo».

"Of course you don't dance; you're too stiff," said Miss Daisy. "I hope you enjoyed your drive with Mrs. Walker!"

"No. I didn't enjoy it; I preferred walking with you."

"We paired off: that was much better," said Daisy. "But did you ever hear anything so cool as Mrs. Walker's wanting me to get into her carriage and drop poor Mr. Giovanelli, and under the pretext that it was proper? People have different ideas! It would have been most unkind; he had been talking about that walk for ten days."

"He should not have talked about it at all," said Winterbourne; "he would never have proposed to a young lady of this country to walk about the streets with him."

"About the streets?" cried Daisy with her pretty stare. "Where, then, would he have proposed to her to walk? The Pincio is not the streets, either; and I, thank goodness, am not a young lady of this country. The young ladies of this country have a dreadfully poky time of it, so far as I can learn; I don't see why I should change my habits for *them.*"

"I am afraid your habits are those of a flirt," said Winterbourne gravely.

"Of course they are," she cried, giving him her little smiling stare again. "I'm a fearful, frightful flirt! Did you ever hear of a nice girl that was not? But I suppose you will tell me now that I am not a nice girl."

"You're a very nice girl; but I wish you would flirt with me, and me only," said Winterbourne.

"Ah! thank you—thank you very much; you are the last man I should think of flirting with. As I have had the pleasure of informing you, you are too stiff."

"You say that too often," said Winterbourne.

Daisy gave a delighted laugh. "If I could have the sweet hope of making you angry, I should say it again."

«Claro que no baila; usted es demasiado duro», dijo Miss Daisy. «¡Espero que haya disfrutado de su paseo con Mrs. Walker!».

«No. No lo disfruté; hubiera preferido pasear con usted».

«Estuvimos en pareja; eso estuvo mucho mejor», dijo Daisy. «¿Pero ha oído alguna vez algo tan genial como que Mrs. Walker quisiera que subiera a su carruaje y dejara al pobre Mr. Giovanelli, y con el pretexto de que eso era lo apropiado? ¡La gente tiene ideas diferentes! Habría sido muy poco amable; llevaba diez días hablando de ese paseo».

«Él no debería haber hablado de ello en absoluto», dijo Winterbourne; «nunca le debería haber propuesto a una joven de este país que pasease con él por las calles».

«¿Por las calles?», gritó Daisy con su bonita mirada. «¿Dónde, entonces, le habría propuesto pasear? El Pincio tampoco es la calle; y yo, gracias a Dios, no soy una joven de este país. Las jóvenes de este país lo pasan terriblemente mal, por lo que sé; no veo por qué debería cambiar mis hábitos por *ellas*».

«Me temo que sus hábitos son los de una coqueta», dijo Winterbourne con gravedad.

«Por supuesto que lo son», gritó ella, dirigiéndole de nuevo su pequeña mirada sonriente. «¡Soy una coqueta terrible, espantosa! ¿Ha oído hablar alguna vez de una muchacha agradable que no lo fuera? Pero supongo que ahora me dirá que no soy una muchacha agradable».

«Usted es una muchacha muy agradable; pero me gustaría que coqueteara conmigo, y sólo conmigo», dijo Winterbourne.

«¡Ah! Muchas gracias; usted es el último hombre con el que se me ocurriría coquetear. Como he tenido el placer de informarle, es usted demasiado duro».

«Dice eso demasiado a menudo», dijo Winterbourne.

Daisy soltó una carcajada del encanto. «Si pudiera tener la dulce esperanza de hacerle enfadar, lo repetiría».

"Don't do that; when I am angry I'm stiffer than ever. But if you won't flirt with me, do cease, at least, to flirt with your friend at the piano; they don't understand that sort of thing here."

"I thought they understood nothing else!" exclaimed Daisy.

"Not in young unmarried women."

"It seems to me much more proper in young unmarried women than in old married ones," Daisy declared.

"Well," said Winterbourne, "when you deal with natives you must go by the custom of the place. Flirting is a purely American custom; it doesn't exist here. So when you show yourself in public with Mr. Giovanelli, and without your mother—"

"Gracious! poor Mother!" interposed Daisy.

"Though you may be flirting, Mr. Giovanelli is not; he means something else."

"He isn't preaching, at any rate," said Daisy with vivacity. "And if you want very much to know, we are neither of us flirting; we are too good friends for that: we are very intimate friends."

"Ah!" rejoined Winterbourne, "if you are in love with each other, it is another affair."

She had allowed him up to this point to talk so frankly that he had no expectation of shocking her by this ejaculation; but she immediately got up, blushing visibly, and leaving him to exclaim mentally that little American flirts were the queerest creatures in the world. "Mr. Giovanelli, at least," she said, giving her interlocutor a single glance, "never says such very disagreeable things to me."

Winterbourne was bewildered; he stood, staring. Mr. Giovanelli had finished singing. He left the piano and came over to Daisy. "Won't you come into the other room and have some tea?" he asked, bending before her with his ornamental smile.

«No haga eso; cuando estoy enfadado me pongo más duro que nunca. Pero si no coquetea conmigo, deje, al menos, de coquetear con su amigo del piano; aquí no entienden ese tipo de cosas».

«¡Creía que no entendían otra cosa!», exclamó Daisy.

«No en mujeres jóvenes solteras».

«Me parece mucho más apropiado en las jóvenes solteras que en las viejas casadas», declaró Daisy.

«Bueno», dijo Winterbourne, «cuando uno trata con nativos debe atenerse a la costumbre del lugar. Coquetear es una costumbre puramente americana; aquí no existe. Así que cuando usted se muestra en público con Mr. Giovanelli, y sin su madre...».

«¡Dios mío! ¡Pobre madre!», interpuso Daisy.

«Aunque usted coquetee, Mr. Giovanelli no lo hace; él quiere decir otra cosa».

«No está predicando, en todo caso», dijo Daisy con vivacidad. «Y si quiere saberlo, ninguno de los dos estamos coqueteando; somos demasiado buenos amigos para eso: somos amigos muy íntimos».

«¡Ah!», replicó Winterbourne, «si están enamorados el uno del otro, es otro asunto».

Ella le había permitido hasta este punto hablar con tanta franqueza que él no tenía ninguna expectativa de escandalizarla con esta afirmación; pero ella se levantó inmediatamente, ruborizándose visiblemente, y dejándole exclamar mentalmente que las pequeñas coquetas americanas eran las criaturas más raras del mundo. «Mr. Giovanelli, al menos», dijo, dirigiendo una sola mirada a su interlocutor, «nunca me dice cosas tan desagradables».

Winterbourne estaba desconcertado; se quedó de pie, mirando fijamente. Mr. Giovanelli había terminado de cantar. Dejó el piano y se acercó a Daisy. «¿No quiere pasar a la otra habitación y tomar un té?», le preguntó, inclinándose ante ella con su sonrisa ornamental.

Daisy turned to Winterbourne, beginning to smile again. He was still more perplexed, for this inconsequent smile made nothing clear, though it seemed to prove, indeed, that she had a sweetness and softness that reverted instinctively to the pardon of offenses. "It has never occurred to Mr. Winterbourne to offer me any tea," she said with her little tormenting manner.

"I have offered you advice," Winterbourne rejoined.

"I prefer weak tea!" cried Daisy, and she went off with the brilliant Giovanelli. She sat with him in the adjoining room, in the embrasure of the window, for the rest of the evening. There was an interesting performance at the piano, but neither of these young people gave heed to it. When Daisy came to take leave of Mrs. Walker, this lady conscientiously repaired the weakness of which she had been guilty at the moment of the young girl's arrival. She turned her back straight upon Miss Miller and left her to depart with what grace she might. Winterbourne was standing near the door; he saw it all. Daisy turned very pale and looked at her mother, but Mrs. Miller was humbly unconscious of any violation of the usual social forms. She appeared, indeed, to have felt an incongruous impulse to draw attention to her own striking observance of them. "Good night, Mrs. Walker," she said; "we've had a beautiful evening. You see, if I let Daisy come to parties without me, I don't want her to go away without me." Daisy turned away, looking with a pale, grave face at the circle near the door; Winterbourne saw that, for the first moment, she was too much shocked and puzzled even for indignation. He on his side was greatly touched.

"That was very cruel," he said to Mrs. Walker.

"She never enters my drawing room again!" replied his hostess.

Since Winterbourne was not to meet her in Mrs. Walker's drawing room, he went as often as possible to Mrs. Miller's hotel. The ladies were rarely at home, but when he found them, the devoted Giovanelli was always present. Very often the brilliant little Roman was in the drawing room with Daisy alone, Mrs. Miller being apparently constantly of the opinion that discretion is the better part of surveillance. Winterbourne noted, at first with surprise, that Daisy on these occa-

Daisy se volvió hacia Winterbourne, comenzando a sonreír de nuevo. Él estaba aún más perplejo, pues aquella sonrisa inconsecuente no aclaraba nada, aunque parecía demostrar, en efecto, que ella tenía una dulzura y suavidad que revertían instintivamente en el perdón de las ofensas. «Nunca se le ha ocurrido a Mr. Winterbourne ofrecerme té», dijo ella con su aire un poco atormentado.

«Le he ofrecido un consejo», replicó Winterbourne.

«¡Prefiero el té aguado!», gritó Daisy, y se fue con el brillante Giovanelli. Se sentó con él en la habitación contigua, en el hueco de la ventana, durante el resto de la velada. Hubo una interesante actuación al piano, pero ninguno de los dos jóvenes le prestó atención. Cuando Daisy fue a despedirse de Mrs. Walker, ésta reparó concienzudamente la debilidad de la que había sido culpable en el momento de la llegada de la joven. Dio la espalda a Miss Miller y la dejó partir con la gracia que pudiera. Winterbourne estaba de pie cerca de la puerta; lo vio todo. Daisy se puso muy pálida y miró a su madre, pero Mrs. Miller era humildemente inconsciente de cualquier violación de las formas sociales habituales. De hecho, parecía haber sentido un impulso incongruente de llamar la atención sobre su propia y sorprendente observancia de las mismas. «Buenas noches, Mrs. Walker», dijo; «hemos pasado una velada preciosa. Verá, si dejo que Daisy venga a las fiestas sin mí, no quiero que se vaya sin mí». Daisy se dio la vuelta, mirando con rostro pálido y grave al círculo cercano a la puerta; Winterbourne vio que, por un primer momento, estaba demasiado conmocionada y desconcertada incluso para indignarse. Él, por su parte, se sintió muy conmovido.

«Eso fue muy cruel», le dijo a Mrs. Walker.

«¡No volverá a entrar en mi salón!», replicó su anfitriona.

Como Winterbourne no podía reunirse con ella en el salón de Mrs. Walker, iba lo más a menudo posible al hotel de Mrs. Miller. Las señoras rara vez estaban en casa, pero cuando las encontraba, el devoto Giovanelli siempre estaba presente. Muy a menudo, el pequeño y brillante romano se encontraba en el salón con Daisy a solas, ya que, al parecer, Mrs. Miller era constantemente de la opinión de que la discreción es la mejor parte de la vigilancia. Winterbourne observó, al principio con sor-

sions was never embarrassed or annoyed by his own entrance; but he very presently began to feel that she had no more surprises for him; the unexpected in her behavior was the only thing to expect. She showed no displeasure at her *tête-à-tête* with Giovanelli being interrupted; she could chatter as freshly and freely with two gentlemen as with one; there was always, in her conversation, the same odd mixture of audacity and puerility. Winterbourne remarked to himself that if she was seriously interested in Giovanelli, it was very singular that she should not take more trouble to preserve the sanctity of their interviews; and he liked her the more for her innocent-looking indifference and her apparently inexhaustible good humor. He could hardly have said why, but she seemed to him a girl who would never be jealous. At the risk of exciting a somewhat derisive smile on the reader's part, I may affirm that with regard to the women who had hitherto interested him, it very often seemed to Winterbourne among the possibilities that, given certain contingencies, he should be afraid—literally afraid—of these ladies; he had a pleasant sense that he should never be afraid of Daisy Miller. It must be added that this sentiment was not altogether flattering to Daisy; it was part of his conviction, or rather of his apprehension, that she would prove a very light young person.

But she was evidently very much interested in Giovanelli. She looked at him whenever he spoke; she was perpetually telling him to do this and to do that; she was constantly "chaffing" and abusing him. She appeared completely to have forgotten that Winterbourne had said anything to displease her at Mrs. Walker's little party. One Sunday afternoon, having gone to St. Peter's with his aunt, Winterbourne perceived Daisy strolling about the great church in company with the inevitable Giovanelli. Presently he pointed out the young girl and her cavalier to Mrs. Costello. This lady looked at them a moment through her eyeglass, and then she said:

"That's what makes you so pensive in these days, eh?"

"I had not the least idea I was pensive," said the young man.

"You are very much preoccupied; you are thinking of something."

"And what is it," he asked, "that you accuse me of thinking of?"

presa, que Daisy en estas ocasiones nunca se sentía avergonzada o molesta por su propia entrada; pero muy pronto empezó a sentir que ella ya no tenía más sorpresas para él; lo inesperado en su comportamiento era lo único que cabía esperar. No mostró disgusto alguno porque su *tête-à-tête* con Giovanelli fuera interrumpido; podía charlar tan fresca y libremente con dos caballeros como con uno solo; siempre había, en su conversación, la misma extraña mezcla de audacia y puerilidad. Winterbourne comentó para sí mismo que si ella estaba seriamente interesada en Giovanelli, era muy singular que no se tomara más molestias para preservar la santidad de sus entrevistas; y le gustaba aún más por su indiferencia de aspecto inocente y su aparentemente inagotable buen humor. Apenas habría podido decir por qué, pero le parecía una muchacha que nunca se pondría celosa. A riesgo de provocar una sonrisa un tanto burlona por parte del lector, puedo afirmar que con respecto a las mujeres que hasta entonces le habían interesado, a Winterbourne le parecía muy a menudo entre las posibilidades que, dadas ciertas contingencias, debería tener miedo —literalmente miedo— de estas damas; tenía la agradable sensación de que nunca iba a tener miedo de Daisy Miller. Hay que añadir que este sentimiento no era del todo halagador para Daisy; formaba parte de su convicción, o más bien de su aprensión, de que resultaría ser una joven muy ligera.

Pero evidentemente ella estaba muy interesada en Giovanelli. Le miraba cada vez que hablaba; estaba perpetuamente diciéndole que hiciera esto y aquello; estaba constantemente «regañándole» e insultándole. Parecía haber olvidado por completo que Winterbourne había dicho algo que la disgustara en la pequeña fiesta de Mrs. Walker. Un domingo por la tarde, habiendo ido a San Pedro con su tía, Winterbourne vio a Daisy paseando por la gran iglesia en compañía del inevitable Giovanelli. Él enseguida señaló a la joven y a su caballero a Mrs. Costello. Esta los miró un momento a través de sus anteojos, y luego dijo:

«Eso es lo que te hace estar tan pensativo en estos días, ¿eh?».

«No tenía la menor idea de que estaba pensativo», dijo el joven.

«Estás muy preocupado; estás pensando en algo».

«¿Y qué es», preguntó, «lo que me acusa de pensar?».

"Of that young lady's—Miss Baker's, Miss Chandler's—what's her name?—Miss Miller's intrigue with that little barber's block."

"Do you call it an intrigue," Winterbourne asked—"an affair that goes on with such peculiar publicity?"

"That's their folly," said Mrs. Costello; "it's not their merit."

"No," rejoined Winterbourne, with something of that pensiveness to which his aunt had alluded. "I don't believe that there is anything to be called an intrigue."

"I have heard a dozen people speak of it; they say she is quite carried away by him."

"They are certainly very intimate," said Winterbourne.

Mrs. Costello inspected the young couple again with her optical instrument. "He is very handsome. One easily sees how it is. She thinks him the most elegant man in the world, the finest gentleman. She has never seen anything like him; he is better, even, than the courier. It was the courier probably who introduced him; and if he succeeds in marrying the young lady, the courier will come in for a magnificent commission."

"I don't believe she thinks of marrying him," said Winterbourne, "and I don't believe he hopes to marry her."

"You may be very sure she thinks of nothing. She goes on from day to day, from hour to hour, as they did in the Golden Age. I can imagine nothing more vulgar. And at the same time," added Mrs. Costello, "depend upon it that she may tell you any moment that she is 'engaged.'"

"I think that is more than Giovanelli expects," said Winterbourne.

"Who is Giovanelli?"

"The little Italian. I have asked questions about him and learned something. He is apparently a perfectly respectable little man. I be-

«En la intriga de esa jovencita —Miss Baker, Miss Chandler, ¿cómo se llama?— Miss Miller y ese pequeño barbero».

«¿Llama usted intriga a un asunto que se desarrolla con tan peculiar publicidad?», preguntó Winterbourne.

«Esa es su locura», dijo Mrs. Costello; «no su mérito».

«No», replicó Winterbourne, con algo de esa pensatividad a la que había aludido su tía. «No creo que haya nada que pueda llamarse una intriga».

«He oído a una docena de personas hablar de ella; dicen que se deja llevar por él».

«Ciertamente son muy íntimos», dijo Winterbourne.

Mrs. Costello volvió a inspeccionar a la joven pareja con su instrumento óptico. «Es muy guapo. Se ve fácilmente cómo son las cosas. A ella le parece el hombre más elegante del mundo, el mejor caballero. Nunca ha visto nada como él; es mejor, incluso, que el asistente. Probablemente fue el asistente quien le presentó; y si consigue casarse con la joven, el asistente se llevará una magnífica comisión».

«No creo que ella piense casarse con él», dijo Winterbourne, «y no creo que él espere casarse con ella».

«Puedes estar muy seguro de que ella no piensa en nada. Ella va de día en día, de hora en hora, como lo hacían en la Edad de Oro. No puedo imaginar nada más vulgar. Y al mismo tiempo», añadió Mrs. Costello, «puedes estar seguro de que en cualquier momento le dirá que está "prometida"».

«Creo que es más de lo que Giovanelli espera», dijo Winterbourne.

«¿Quién es Giovanelli?».

«El pequeño italiano. He hecho preguntas sobre él y he aprendido algo. Aparentemente es un hombrecillo perfectamente respetable. Creo

lieve he is, in a small way, a *cavaliere avvocato*. But he doesn't move in what are called the first circles. I think it is really not absolutely impossible that the courier introduced him. He is evidently immensely charmed with Miss Miller. If she thinks him the finest gentleman in the world, he, on his side, has never found himself in personal contact with such splendor, such opulence, such expensiveness as this young lady's. And then she must seem to him wonderfully pretty and interesting. I rather doubt that he dreams of marrying her. That must appear to him too impossible a piece of luck. He has nothing but his handsome face to offer, and there is a substantial Mr. Miller in that mysterious land of dollars. Giovanelli knows that he hasn't a title to offer. If he were only a count or a *marchese!* He must wonder at his luck, at the way they have taken him up."

"He accounts for it by his handsome face and thinks Miss Miller a young lady *qui se passe ses fantaisies!"* said Mrs. Costello.

"It is very true," Winterbourne pursued, "that Daisy and her mamma have not yet risen to that stage of—what shall I call it?—of culture at which the idea of catching a count or a *marchese* begins. I believe that they are intellectually incapable of that conception."

"Ah! but the *avvocato* can't believe it," said Mrs. Costello.

Of the observation excited by Daisy's "intrigue," Winterbourne gathered that day at St. Peter's sufficient evidence. A dozen of the American colonists in Rome came to talk with Mrs. Costello, who sat on a little portable stool at the base of one of the great pilasters. The vesper service was going forward in splendid chants and organ tones in the adjacent choir, and meanwhile, between Mrs. Costello and her friends, there was a great deal said about poor little Miss Miller's going really "too far." Winterbourne was not pleased with what he heard, but when, coming out upon the great steps of the church, he saw Daisy, who had emerged before him, get into an open cab with her accomplice and roll away through the cynical streets of Rome, he could not deny to himself that she was going very far indeed. He felt very sorry for her—not exactly that he believed that she had completely lost her head, but because it was painful to hear so much that was pretty, and undefended, and natural assigned to a vulgar place among the categories of disorder. He made an attempt after this to

que es, en cierto modo, un *cavaliere avvocato*. Pero no se mueve en lo que se llaman los primeros círculos. Creo que no es absolutamente imposible que el asistente le haya presentado. Es evidente que está inmensamente encantado con Miss Miller. Si ella le considera el mejor caballero del mundo, él, por su parte, nunca se ha encontrado en contacto personal con tanto esplendor, tanta opulencia, tanto dispendio como el de esta joven. Y además ella debe parecerle maravillosamente bonita e interesante. Dudo bastante que sueñe con casarse con ella. Eso debe parecerle una suerte demasiado inalcanzable. No tiene nada más que su apuesto rostro que ofrecer, y hay un sustancioso Mr. Miller en esa misteriosa tierra de dólares. Giovanelli sabe que no tiene ningún título que ofrecer. ¡Ojalá fuera conde o *marchese!* Debe asombrarse de su suerte, de cómo le han tomado».

«¡Lo explica por su rostro apuesto y piensa que Miss Miller es una joven *qui se passe ses fantaisies !*», dijo Mrs. Costello.

«Es muy cierto», prosiguió Winterbourne, «que Daisy y su mamá aún no han llegado a ese estadio de —¿cómo lo llamaría?— cultura en el que comienza la idea de atrapar a un conde o a un *marchese*. Creo que son intelectualmente incapaces de esa concepción».

«¡Ah! Pero el *avvocato* no puede creerlo», dijo Mrs. Costello.

De la observación suscitada por la «intriga» de Daisy, Winterbourne reunió aquel día en San Pedro pruebas suficientes. Una docena de los colonos americanos en Roma se acercaron a hablar con Mrs. Costello, que estaba sentada en un pequeño taburete portátil en la base de una de las grandes pilastras. El servicio de vísperas avanzaba con espléndidos cantos y tonos de órgano en el coro adyacente, y mientras tanto, entre Mrs. Costello y sus amigas, se hablaba mucho de que la pobre Miss Miller había ido realmente «demasiado lejos». A Winterbourne no le hizo ninguna gracia lo que oyó, pero cuando, al salir a la gran escalinata de la iglesia, vio a Daisy, que había salido antes que él, subir a un taxi abierto con su cómplice y alejarse en su rodado por las cínicas calles de Roma, no pudo negarse a sí mismo que estaba yendo realmente muy lejos. Sintió mucha lástima por ella, no exactamente porque creyera que había perdido completamente la cabeza, sino porque era doloroso oír que se asignara a esto —que era bonito, e indefendible, y natural— un lugar vulgar entre las categorías del desorden. Después de esto hizo un

give a hint to Mrs. Miller. He met one day in the Corso a friend, a tourist like himself, who had just come out of the Doria Palace, where he had been walking through the beautiful gallery. His friend talked for a moment about the superb portrait of Innocent X by Velasquez which hangs in one of the cabinets of the palace, and then said, "And in the same cabinet, by the way, I had the pleasure of contemplating a picture of a different kind—that pretty American girl whom you pointed out to me last week." In answer to Winterbourne's inquiries, his friend narrated that the pretty American girl—prettier than ever— was seated with a companion in the secluded nook in which the great papal portrait was enshrined.

"Who was her companion?" asked Winterbourne.

"A little Italian with a bouquet in his buttonhole. The girl is delightfully pretty, but I thought I understood from you the other day that she was a young lady *du meilleur monde.*"

"So she is!" answered Winterbourne; and having assured himself that his informant had seen Daisy and her companion but five minutes before, he jumped into a cab and went to call on Mrs. Miller. She was at home; but she apologized to him for receiving him in Daisy's absence.

"She's gone out somewhere with Mr. Giovanelli," said Mrs. Miller. "She's always going round with Mr. Giovanelli."

"I have noticed that they are very intimate," Winterbourne observed.

"Oh, it seems as if they couldn't live without each other!" said Mrs. Miller. "Well, he's a real gentleman, anyhow. I keep telling Daisy she's engaged!"

"And what does Daisy say?"

"Oh, she says she isn't engaged. But she might as well be!" this impartial parent resumed; "she goes on as if she was. But I've made Mr. Giovanelli promise to tell me, if *she* doesn't. I should want to write to Mr. Miller about it—shouldn't you?"

intento de dar una pista a Mrs. Miller. Se encontró un día en el Corso con un amigo, turista como él, que acababa de salir del Palacio Doria, donde había estado paseando por la hermosa galería. Su amigo habló un momento del soberbio retrato de Inocencio X de Velázquez que cuelga en uno de los gabinetes del palacio, y luego dijo: «Y en el mismo gabinete, por cierto, tuve el placer de contemplar un cuadro de otro tipo: esa bonita muchacha americana que usted me señaló la semana pasada». En respuesta a las preguntas de Winterbourne, su amigo le narró que la bonita muchacha americana —más guapa que nunca— estaba sentada con un acompañante en el recóndito rincón en el que estaba consagrado el gran retrato papal.

«¿Quién era su acompañante?», preguntó Winterbourne.

«Un pequeño italiano con un ramo en el ojal. La muchacha es deliciosamente guapa, pero me pareció entender de usted el otro día que era una joven *du meilleur monde*».

«¡Así es!», respondió Winterbourne; y habiéndose asegurado de que su informante había visto a Daisy y a su acompañante hacía sólo cinco minutos, se subió a un taxi y fue a visitar a Mrs. Miller. Ella estaba en casa; pero le pidió disculpas por haberle recibido en ausencia de Daisy.

«Ha salido a alguna parte con Mr. Giovanelli», dijo Mrs. Miller. «Siempre anda por ahí con Mr. Giovanelli».

«Me he dado cuenta de que son muy íntimos», observó Winterbourne.

«¡Oh, parece como si no pudieran vivir el uno sin el otro!», dijo Mrs. Miller. «Bueno, en cualquier caso es todo un caballero. Sigo diciéndole a Daisy que está prometida».

«¿Y qué dice Daisy?».

«Oh, ella dice que no está prometida. Pero bien podría estarlo», reanudó esta madre imparcial; «ella sigue haciendo como si lo estuviera. Pero he hecho prometer a Mr. Giovanelli que me lo dirá, si *ella* no lo hace. Tendría que escribirle a Mr. Miller al respecto, ¿no es así?».

Winterbourne replied that he certainly should; and the state of mind of Daisy's mamma struck him as so unprecedented in the annals of parental vigilance that he gave up as utterly irrelevant the attempt to place her upon her guard.

After this Daisy was never at home, and Winterbourne ceased to meet her at the houses of their common acquaintances, because, as he perceived, these shrewd people had quite made up their minds that she was going too far. They ceased to invite her; and they intimated that they desired to express to observant Europeans the great truth that, though Miss Daisy Miller was a young American lady, her behavior was not representative—was regarded by her compatriots as abnormal. Winterbourne wondered how she felt about all the cold shoulders that were turned toward her, and sometimes it annoyed him to suspect that she did not feel at all. He said to himself that she was too light and childish, too uncultivated and unreasoning, too provincial, to have reflected upon her ostracism, or even to have perceived it. Then at other moments he believed that she carried about in her elegant and irresponsible little organism a defiant, passionate, perfectly observant consciousness of the impression she produced. He asked himself whether Daisy's defiance came from the consciousness of innocence, or from her being, essentially, a young person of the reckless class. It must be admitted that holding one's self to a belief in Daisy's "innocence" came to seem to Winterbourne more and more a matter of fine-spun gallantry. As I have already had occasion to relate, he was angry at finding himself reduced to chopping logic about this young lady; he was vexed at his want of instinctive certitude as to how far her eccentricities were generic, national, and how far they were personal. From either view of them he had somehow missed her, and now it was too late. She was "carried away" by Mr. Giovanelli.

A few days after his brief interview with her mother, he encountered her in that beautiful abode of flowering desolation known as the Palace of the Caesars. The early Roman spring had filled the air with bloom and perfume, and the rugged surface of the Palatine was muffled with tender verdure. Daisy was strolling along the top of one of those great mounds of ruin that are embanked with mossy marble and paved with monumental inscriptions. It seemed to him that Rome had never been so lovely as just then. He stood, looking off at

Winterbourne contestó que desde luego que sí; y el estado de ánimo de la madre de Daisy le pareció tan inaudito en los anales de la vigilancia paterna que renunció como totalmente irrelevante al intento de ponerla en guardia.

Después de esto Daisy nunca estuvo en casa, y Winterbourne dejó de encontrarse con ella en las casas de sus conocidos comunes, porque, según percibió, estas astutas personas se habían hecho a la idea de que ella estaba yendo demasiado lejos. Dejaron de invitarla; e insinuaron que deseaban expresar a los europeos observadores la gran verdad de que, aunque Miss Daisy Miller era una joven americana, su comportamiento no era representativo... sus compatriotas lo consideraban anormal. Winterbourne se preguntaba cómo se sentiría ella ante todas las espaldas que se volvían contra ella, y a veces le molestaba sospechar que ella no sentía nada en absoluto. Se decía a sí mismo que era demasiado ligera e infantil, demasiado inculta e irracional, demasiado provinciana, para haber reflexionado sobre su ostracismo, o incluso para haberlo percibido. Luego, en otros momentos, creyó que ella llevaba en su pequeño organismo elegante e irresponsable una conciencia desafiante, apasionada y perfectamente observadora de la impresión que producía. Se preguntó si el desafío de Daisy procedía de la conciencia de su inocencia o de que era, esencialmente, una joven perteneciente a la clase temeraria. Hay que admitir que sostenerse a sí mismo en la creencia de la «inocencia» de Daisy llegó a parecerle a Winterbourne cada vez más una cuestión de fina galantería. Como ya he tenido ocasión de relatar, estaba enfadado por verse reducido a cercenar la lógica sobre esta joven; estaba vejado por su falta de certeza instintiva sobre hasta qué punto sus excentricidades eran genéricas, nacionales, y hasta qué punto eran personales. Desde cualquiera de los dos puntos de vista la había pasado por alto de algún modo, y ahora era demasiado tarde. Se había «dejado llevar» por Mr. Giovanelli.

Pocos días después de su breve entrevista con su madre, la encontró en esa hermosa morada de florida desolación conocida como el Palacio de los Césares. La temprana primavera romana había llenado el aire de floración y perfume, y la escarpada superficie del monte Palatino estaba amortiguada por un tierno verdor. Daisy paseaba por la cima de uno de esos grandes montículos de ruinas orlados de mármol musgoso y pavimentados con inscripciones monumentales. Le pareció que Roma nunca había sido tan hermosa como en aquel momento. Permaneció de

the enchanting harmony of line and color that remotely encircles the city, inhaling the softly humid odors, and feeling the freshness of the year and the antiquity of the place reaffirm themselves in mysterious interfusion. It seemed to him also that Daisy had never looked so pretty, but this had been an observation of his whenever he met her. Giovanelli was at her side, and Giovanelli, too, wore an aspect of even unwonted brilliancy.

"Well," said Daisy, "I should think you would be lonesome!"

"Lonesome?" asked Winterbourne.

"You are always going round by yourself. Can't you get anyone to walk with you?"

"I am not so fortunate," said Winterbourne, "as your companion."

Giovanelli, from the first, had treated Winterbourne with distinguished politeness. He listened with a deferential air to his remarks; he laughed punctiliously at his pleasantries; he seemed disposed to testify to his belief that Winterbourne was a superior young man. He carried himself in no degree like a jealous wooer; he had obviously a great deal of tact; he had no objection to your expecting a little humility of him. It even seemed to Winterbourne at times that Giovanelli would find a certain mental relief in being able to have a private understanding with him—to say to him, as an intelligent man, that, bless you, *he* knew how extraordinary was this young lady, and didn't flatter himself with delusive—or at least *too* delusive—hopes of matrimony and dollars. On this occasion he strolled away from his companion to pluck a sprig of almond blossom, which he carefully arranged in his buttonhole.

"I know why you say that," said Daisy, watching Giovanelli. "Because you think I go round too much with *him.*" And she nodded at her attendant.

"Every one thinks so—if you care to know," said Winterbourne.

"Of course I care to know!" Daisy exclaimed seriously. "But I don't believe it. They are only pretending to be shocked. They don't really

pie, contemplando la encantadora armonía de líneas y colores que rodea remotamente la ciudad, aspirando los olores suavemente húmedos y sintiendo cómo la frescura del año y la antigüedad del lugar se reafirmaban en misteriosa interfusión. También le pareció que Daisy nunca había estado tan guapa, pero ésta había sido una observación suya cada vez que se encontraba con ella. Giovanelli estaba a su lado, y Giovanelli, también, lucía un aspecto de inusitada brillantez.

«Bueno», dijo Daisy, «¡pensaría que se siente solitario!».

«¿Solitario?», preguntó Winterbourne.

«Siempre está dando vueltas solo. ¿No consigues que nadie le acompañe?».

«No soy tan afortunado», dijo Winterbourne, «como su compañero».

Giovanelli, desde el primer momento, había tratado a Winterbourne con distinguida cortesía. Escuchaba con aire deferente sus comentarios; se reía puntillosamente de sus galanterías; parecía dispuesto a dar testimonio de su creencia de que Winterbourne era un joven superior. No se comportaba en absoluto como un celoso cortejador; tenía, evidentemente, mucho tacto; no tenía inconveniente en que esperara de él un poco de humildad. A Winterbourne incluso le parecía a veces que Giovanelli encontraría cierto alivio mental en poder entenderse en privado con él; en poder decirle, como hombre inteligente que era, que, bendito sea, *él* sabía lo extraordinaria que era esta joven y no se halagara con ilusorias —o al menos *demasiado* ilusorias— esperanzas de matrimonio y dólares. En esta ocasión él se alejó de su compañera para arrancar un ramito de flor de almendro, que se colocó cuidadosamente en el ojal.

«Ya sé por qué dice eso», dijo Daisy, observando a Giovanelli. «Porque cree que paseo demasiado con *él*». Y señaló con la cabeza a su seguidor.

«Todo el mundo piensa así, si le interesa saberlo», dijo Winterbourne.

«¡Por supuesto que me interesa saberlo!», exclamó Daisy con seriedad. «Pero no lo creo. Sólo fingen estar conmocionados. En realidad no

care a straw what I do. Besides, I don't go round so much."

"I think you will find they do care. They will show it disagreeably."

Daisy looked at him a moment. "How disagreeably?"

"Haven't you noticed anything?" Winterbourne asked.

"I have noticed you. But I noticed you were as stiff as an umbrella the first time I saw you."

"You will find I am not so stiff as several others," said Winterbourne, smiling.

"How shall I find it?"

"By going to see the others."

"What will they do to me?"

"They will give you the cold shoulder. Do you know what that means?"

Daisy was looking at him intently; she began to color. "Do you mean as Mrs. Walker did the other night?"

"Exactly!" said Winterbourne.

She looked away at Giovanelli, who was decorating himself with his almond blossom. Then looking back at Winterbourne, "I shouldn't think you would let people be so unkind!" she said.

"How can I help it?" he asked.

"I should think you would say something."

"I do say something;" and he paused a moment. "I say that your mother tells me that she believes you are engaged."

les importa un rábano lo que yo haga. Además, no paseo tanto».

«Creo que descubrirá que sí les importa. Lo demostrarán desagradablemente».

Daisy le miró un momento. «¿Qué tan desagradable?».

«¿No ha notado nada?», preguntó Winterbourne.

«Me he fijado en usted. Pero noté que estaba tan duro como un paraguas la primera vez que le vi».

«Verá que no soy tan duro como otros», dijo Winterbourne, sonriendo.

«¿Cómo lo sabré?».

«Yendo a ver a los demás».

«¿Qué me harán?»

«Le darán la espalda. ¿Sabe lo que eso significa?».

Daisy le miraba atentamente; empezó a tomar color. «¿Quiere decir como hizo Mrs. Walker la otra noche?».

«¡Exactamente!», dijo Winterbourne.

Ella desvió la mirada hacia Giovanelli, que se estaba adornando con su flor de almendro. Luego, volviendo a mirar a Winterbourne, «¡No debería pensar que usted permitiría que la gente fuera tan poco amable!», dijo.

«¿Cómo puedo evitarlo?», preguntó él.

«Debería pensar que usted diría algo».

«Yo digo algo», dijo, y se detuvo un momento. «Digo que su madre me ha dicho que cree que está prometida».

"Well, she does," said Daisy very simply.

Winterbourne began to laugh. "And does Randolph believe it?" he asked.

"I guess Randolph doesn't believe anything," said Daisy. Randolph's skepticism excited Winterbourne to further hilarity, and he observed that Giovanelli was coming back to them. Daisy, observing it too, addressed herself again to her countryman. "Since you have mentioned it," she said, "I *am* engaged." * * * Winterbourne looked at her; he had stopped laughing. "You don't believe!" she added.

He was silent a moment; and then, "Yes, I believe it," he said.

"Oh, no, you don't!" she answered. "Well, then—I am not!"

The young girl and her cicerone were on their way to the gate of the enclosure, so that Winterbourne, who had but lately entered, presently took leave of them. A week afterward he went to dine at a beautiful villa on the Caelian Hill, and, on arriving, dismissed his hired vehicle. The evening was charming, and he promised himself the satisfaction of walking home beneath the Arch of Constantine and past the vaguely lighted monuments of the Forum. There was a waning moon in the sky, and her radiance was not brilliant, but she was veiled in a thin cloud curtain which seemed to diffuse and equalize it. When, on his return from the villa (it was eleven o'clock), Winterbourne approached the dusky circle of the Colosseum, it recurred to him, as a lover of the picturesque, that the interior, in the pale moonshine, would be well worth a glance. He turned aside and walked to one of the empty arches, near which, as he observed, an open carriage—one of the little Roman streetcabs—was stationed. Then he passed in, among the cavernous shadows of the great structure, and emerged upon the clear and silent arena. The place had never seemed to him more impressive. One-half of the gigantic circus was in deep shade, the other was sleeping in the luminous dusk. As he stood there he began to murmur Byron's famous lines, out of "Manfred," but before he had finished his quotation he remembered that if nocturnal meditations in the Colosseum are recommended by the poets, they are deprecated by the doctors. The historic atmosphere was there, certainly; but the historic atmosphere, scientifically considered, was no better

«Pues sí», dijo Daisy muy sencillamente.

Winterbourne se echó a reír. «¿Y Randolph también lo cree?», preguntó.

«Supongo que Randolph no cree nada», dijo Daisy. El escepticismo de Randolph excitó aún más la hilaridad de Winterbourne, que observó que Giovanelli volvía hacia ellos. Daisy, observándolo también, se dirigió de nuevo a su compatriota. «Ya que lo ha mencionado», dijo, *«estoy prometida»*. * * * Winterbourne la miró; había dejado de reír. «¡Usted no lo cree!», añadió ella.

Él guardó silencio un momento; y luego dijo «sí, lo creo».

«¡Oh, no!», respondió ella. «¡Pues entonces... no!».

La joven y su cicerone se dirigían a la puerta del recinto, de modo que Winterbourne, que acababa de entrar, se despidió de ellos en ese momento. Una semana después fue a cenar a una hermosa villa del monte Celio y, al llegar, despidió su vehículo alquilado. La noche era encantadora, y se prometió a sí mismo la satisfacción de volver a casa caminando bajo el Arco de Constantino y pasando junto a los monumentos vagamente iluminados del Foro. Había luna menguante en el cielo, y su resplandor no era brillante, sino que estaba velado por una fina cortina de nubes que parecía difuminarlo e igualarlo. Cuando, a su regreso de la villa (eran las once), Winterbourne se acercó al crepuscular círculo del Coliseo, se le ocurrió, como amante de lo pintoresco, que el interior, bajo la pálida luz de la luna, bien merecería una ojeada. Se apartó y caminó hasta uno de los arcos vacíos, cerca del cual, según observó, estaba estacionado un carruaje abierto, uno de los pequeños taxis romanos. Luego pasó al interior, entre las sombras cavernosas de la gran estructura, y emergió a la clara y silenciosa arena. El lugar nunca le había parecido más impresionante. Una mitad del gigantesco circo estaba en la sombra profunda, la otra dormía en el crepúsculo luminoso. Mientras permanecía allí, empezó a murmurar los famosos versos de Byron, extraídos de «Manfred», pero antes de terminar su cita recordó que si las meditaciones nocturnas en el Coliseo son recomendadas por los poetas, son desaconsejadas por los médicos. La atmósfera histórica estaba allí, ciertamente; pero la atmósfera histórica, científicamente considerada, no era mejor que un malvado miasma. Winterbourne se dirigió al centro de la

than a villainous miasma. Winterbourne walked to the middle of the arena, to take a more general glance, intending thereafter to make a hasty retreat. The great cross in the center was covered with shadow; it was only as he drew near it that he made it out distinctly. Then he saw that two persons were stationed upon the low steps which formed its base. One of these was a woman, seated; her companion was standing in front of her.

Presently the sound of the woman's voice came to him distinctly in the warm night air. "Well, he looks at us as one of the old lions or tigers may have looked at the Christian martyrs!" These were the words he heard, in the familiar accent of Miss Daisy Miller.

"Let us hope he is not very hungry," responded the ingenious Giovanelli. "He will have to take me first; you will serve for dessert!"

Winterbourne stopped, with a sort of horror, and, it must be added, with a sort of relief. It was as if a sudden illumination had been flashed upon the ambiguity of Daisy's behavior, and the riddle had become easy to read. She was a young lady whom a gentleman need no longer be at pains to respect. He stood there, looking at her—looking at her companion and not reflecting that though he saw them vaguely, he himself must have been more brightly visible. He felt angry with himself that he had bothered so much about the right way of regarding Miss Daisy Miller. Then, as he was going to advance again, he checked himself, not from the fear that he was doing her injustice, but from a sense of the danger of appearing unbecomingly exhilarated by this sudden revulsion from cautious criticism. He turned away toward the entrance of the place, but, as he did so, he heard Daisy speak again.

"Why, it was Mr. Winterbourne! He saw me, and he cuts me!"

What a clever little reprobate she was, and how smartly she played at injured innocence! But he wouldn't cut her. Winterbourne came forward again and went toward the great cross. Daisy had got up; Giovanelli lifted his hat. Winterbourne had now begun to think simply of the craziness, from a sanitary point of view, of a delicate young girl lounging away the evening in this nest of malaria. What if she

arena, para echar un vistazo más general, con la intención de emprender después una rápida retirada. La gran cruz del centro estaba cubierta de sombras; sólo al acercarse la distinguió con nitidez. Entonces vio que dos personas estaban apostadas en los escalones bajos que formaban su base. Una de ellas era una mujer, sentada; su acompañante estaba de pie frente a ella.

De pronto, el sonido de la voz de la mujer le llegó nítidamente en el cálido aire nocturno. «¡Bueno, nos mira como uno de los viejos leones o tigres pudo haber mirado a los mártires cristianos!». Éstas fueron las palabras que oyó, en el acento familiar de Miss Daisy Miller.

«Esperemos que no tenga mucha hambre», respondió el ingenioso Giovanelli. «Tendrá que tomarme a mí primero; ¡usted servirá de postre!».

Winterbourne se detuvo, con una especie de horror y, hay que añadir, con una especie de alivio. Era como si una súbita iluminación se hubiera encendido sobre la ambigüedad del comportamiento de Daisy, y el enigma se hubiera vuelto fácil de leer. Era una joven a la que un caballero ya no tenía por qué esforzarse en respetar. Él se quedó allí de pie, mirándola, mirando a su acompañante y sin reflexionar que, aunque los veía vagamente, él mismo debía de ser más visible. Se sintió enfadado consigo mismo por haberse preocupado tanto por la forma correcta de considerar a Miss Daisy Miller. Entonces, cuando iba a avanzar de nuevo, se contuvo, no por el temor de estar cometiendo una injusticia con ella, sino por la sensación del peligro de parecer impropiamente exaltado por esta repentina revulsión de crítica cautelosa. Se volvió hacia la entrada del lugar, pero, al hacerlo, oyó hablar de nuevo a Daisy.

«¡Era Mr. Winterbourne! ¡Me vio y me cortó!».

¡Qué pequeña y astuta réproba era, y con qué astucia jugaba a la inocencia herida! Pero él no la cortó. Winterbourne se adelantó de nuevo y se dirigió hacia la gran cruz. Daisy se había levantado; Giovanelli levantó su sombrero. Winterbourne había empezado a pensar simplemente en la locura que suponía, desde el punto de vista sanitario, que una joven delicada pasara la tarde en aquel nido de malaria. ¿Y si *era* una pequeña

were a clever little reprobate? that was no reason for her dying of the *perniciosa.* "How long have you been here?" he asked almost brutally.

Daisy, lovely in the flattering moonlight, looked at him a moment. Then—"All the evening," she answered, gently. * * * "I never saw anything so pretty."

"I am afraid," said Winterbourne, "that you will not think Roman fever very pretty. This is the way people catch it. I wonder," he added, turning to Giovanelli, "that you, a native Roman, should countenance such a terrible indiscretion."

"Ah," said the handsome native, "for myself I am not afraid."

"Neither am I—for you! I am speaking for this young lady."

Giovanelli lifted his well-shaped eyebrows and showed his brilliant teeth. But he took Winterbourne's rebuke with docility. "I told the *signorina* it was a grave indiscretion, but when was the *signorina* ever prudent?"

"I never was sick, and I don't mean to be!" the *signorina* declared. "I don't look like much, but I'm healthy! I was bound to see the Colosseum by moonlight; I shouldn't have wanted to go home without that; and we have had the most beautiful time, haven't we, Mr. Giovanelli? If there has been any danger, Eugenio can give me some pills. He has got some splendid pills."

"I should advise you," said Winterbourne, "to drive home as fast as possible and take one!"

"What you say is very wise," Giovanelli rejoined. "I will go and make sure the carriage is at hand." And he went forward rapidly.

Daisy followed with Winterbourne. He kept looking at her; she seemed not in the least embarrassed. Winterbourne said nothing; Daisy chattered about the beauty of the place. "Well, I *have* seen the Colosseum by moonlight!" she exclaimed. "That's one good thing." Then, noticing Winterbourne's silence, she asked him why he didn't speak. He made no answer; he only began to laugh. They passed un-

y astuta réproba? Esa no era razón para que muriera de la *perniciosa*. «¿Cuánto tiempo lleva aquí?», preguntó casi brutalmente.

Daisy, encantadora bajo la halagadora luz de la luna, le miró un momento. Luego respondió, suavemente, «Toda la noche». * * * «Nunca vi nada tan bonito».

«Me temo», dijo Winterbourne, «que la fiebre romana no le parecerá muy bonita. Así es como se contagia la gente. Me sorprende», añadió, volviéndose hacia Giovanelli, «que usted, un nativo romano, consienta una indiscreción tan terrible.»

«Ah», dijo el apuesto nativo, «por mí mismo no tengo miedo».

«¡Yo tampoco! ¡Por usted! Hablo de esta joven».

Giovanelli levantó sus bien formadas cejas y mostró sus brillantes dientes. Pero se tomó la reprimenda de Winterbourne con docilidad. «Le dije a la *signorina* que era una grave indiscreción, pero ¿cuándo ha sido prudente la *signorina?*».

«¡Nunca he estado enferma y no pretendo estarlo!», declaró la *signorina*. «¡No parezco gran cosa, pero estoy sana! Estaba destinada a ver el Coliseo a la luz de la luna; no habría querido volver a casa sin eso; y lo hemos pasado de lo más bien, ¿verdad, Mr. Giovanelli? Si ha habido algún peligro, Eugenio puede darme unas pastillas. Tiene unas pastillas espléndidas».

«¡Le aconsejaría», dijo Winterbourne, «que fuera a casa lo más rápido posible y se tomara una!».

«Lo que dice es muy sensato», replicó Giovanelli. «Iré a asegurarme de que el carruaje está disponible». Y avanzó rápidamente.

Daisy le siguió con Winterbourne. Él no dejaba de mirarla; ella no parecía avergonzarse lo más mínimo. Winterbourne no dijo nada; Daisy parloteaba sobre la belleza del lugar. «¡Bueno, he visto el Coliseo a la luz de la luna!», exclamó. «Eso es algo bueno». Luego, al notar el silencio de Winterbourne, le preguntó por qué no hablaba. Él no respondió; sólo se echó a reír. Pasaron bajo uno de los oscuros arcos; Giovanelli iba delan-

der one of the dark archways; Giovanelli was in front with the carriage. Here Daisy stopped a moment, looking at the young American. *"Did* you believe I was engaged, the other day?" she asked.

"It doesn't matter what I believed the other day," said Winterbourne, still laughing.

"Well, what do you believe now?"

"I believe that it makes very little difference whether you are engaged or not!"

He felt the young girl's pretty eyes fixed upon him through the thick gloom of the archway; she was apparently going to answer. But Giovanelli hurried her forward. "Quick! quick!" he said; "if we get in by midnight we are quite safe."

Daisy took her seat in the carriage, and the fortunate Italian placed himself beside her. "Don't forget Eugenio's pills!" said Winterbourne as he lifted his hat.

"I don't care," said Daisy in a little strange tone, "whether I have Roman fever or not!" Upon this the cab driver cracked his whip, and they rolled away over the desultory patches of the antique pavement.

Winterbourne, to do him justice, as it were, mentioned to no one that he had encountered Miss Miller, at midnight, in the Colosseum with a gentleman; but nevertheless, a couple of days later, the fact of her having been there under these circumstances was known to every member of the little American circle, and commented accordingly. Winterbourne reflected that they had of course known it at the hotel, and that, after Daisy's return, there had been an exchange of remarks between the porter and the cab driver. But the young man was conscious, at the same moment, that it had ceased to be a matter of serious regret to him that the little American flirt should be "talked about" by low-minded menials. These people, a day or two later, had serious information to give: the little American flirt was alarmingly ill. Winterbourne, when the rumor came to him, immediately went to the hotel for more news. He found that two or three charitable friends had preceded him, and that they were being entertained in Mrs. Mill-

te con el carruaje. Aquí Daisy se detuvo un momento, mirando al joven americano. «¿Creía que estaba prometida, el otro día?», preguntó.

«No importa lo que yo creyera el otro día», dijo Winterbourne, aún riendo.

«Bueno, ¿qué cree ahora?».

«¡Creo que hay muy poca diferencia entre estar comprometido o no!»

Sintió los bonitos ojos de la joven clavados en él a través de la espesa penumbra del arco; aparentemente iba a responder. Pero Giovanelli la apresuró a avanzar. «¡Rápido, rápido!», le dijo; «si volvemos antes de medianoche estaremos completamente a salvo».

Daisy tomó asiento en el carruaje y el afortunado italiano se colocó a su lado. «¡No olvide las pastillas de Eugenio!», dijo Winterbourne mientras se levantaba el sombrero.

«No me importa», dijo Daisy en un tono un poco extraño, «si tengo fiebre romana o no». Al oír esto, el taxista hizo restallar su látigo y se alejaron rodando sobre los desiguales parches del antiguo pavimento.

Winterbourne, para hacerle justicia, por así decirlo, no mencionó a nadie que había encontrado a Miss Miller, a medianoche, en el Coliseo con un caballero; pero sin embargo, un par de días más tarde, el hecho de que ella había estado allí en esas circunstancias era conocido por todos los miembros del pequeño círculo americano, y comentado en consecuencia. Winterbourne reflexionó que, por supuesto, lo habían sabido en el hotel y que, tras el regreso de Daisy, había habido un intercambio de comentarios entre el portero y el taxista. Pero el joven fue consciente, en el mismo momento, de que había dejado de ser un motivo de grave pesar para él que la pequeña coqueta americana fuera «objeto de conversación» por parte de menestrales de baja estofa. Estas personas, uno o dos días más tarde, tenían una información seria que dar: la pequeña coqueta americana estaba alarmantemente enferma. Winterbourne, cuando le llegó el rumor, fue inmediatamente al hotel en busca de más noticias. Descubrió que dos o tres amigos caritativos le

er's salon by Randolph.

"It's going round at night," said Randolph—"that's what made her sick. She's always going round at night. I shouldn't think she'd want to, it's so plaguy dark. You can't see anything here at night, except when there's a moon. In America there's always a moon!" Mrs. Miller was invisible; she was now, at least, giving her daughter the advantage of her society. It was evident that Daisy was dangerously ill.

Winterbourne went often to ask for news of her, and once he saw Mrs. Miller, who, though deeply alarmed, was, rather to his surprise, perfectly composed, and, as it appeared, a most efficient and judicious nurse. She talked a good deal about Dr. Davis, but Winterbourne paid her the compliment of saying to himself that she was not, after all, such a monstrous goose. "Daisy spoke of you the other day," she said to him. "Half the time she doesn't know what she's saying, but that time I think she did. She gave me a message she told me to tell you. She told me to tell you that she never was engaged to that handsome Italian. I am sure I am very glad; Mr. Giovanelli hasn't been near us since she was taken ill. I thought he was so much of a gentleman; but I don't call that very polite! A lady told me that he was afraid I was angry with him for taking Daisy round at night. Well, so I am, but I suppose he knows I'm a lady. I would scorn to scold him. Anyway, she says she's not engaged. I don't know why she wanted you to know, but she said to me three times, 'Mind you tell Mr. Winterbourne.' And then she told me to ask if you remembered the time you went to that castle in Switzerland. But I said I wouldn't give any such messages as that. Only, if she is not engaged, I'm sure I'm glad to know it."

But, as Winterbourne had said, it mattered very little. A week after this, the poor girl died; it had been a terrible case of the fever. Daisy's grave was in the little Protestant cemetery, in an angle of the wall of imperial Rome, beneath the cypresses and the thick spring flowers. Winterbourne stood there beside it, with a number of other mourners, a number larger than the scandal excited by the young lady's career would have led you to expect. Near him stood Giovanelli, who came nearer still before Winterbourne turned away. Giovanelli was very pale: on this occasion he had no flower in his buttonhole; he seemed to wish to say something. At last he said, "She was the most

habían precedido, y que estaban siendo agasajados en el salón de Mrs. Miller por Randolph.

«Da vueltas por la noche», dijo Randolph, «eso es lo que la hizo enfermar. Siempre da vueltas por la noche. No creo que lo hiciera a propósito, es tan fastidiosamente oscuro. Aquí no se ve nada por la noche, excepto cuando hay luna. En América siempre hay luna». Mrs. Miller era invisible; ahora, al menos, le estaba dando a su hija la ventaja de su sociedad. Era evidente que Daisy estaba peligrosamente enferma.

Winterbourne iba a menudo a pedir noticias de ella, y una vez vio a Mrs. Miller, que, aunque profundamente alarmada, estaba, para su sorpresa, perfectamente serena y, según parecía, era una enfermera de lo más eficiente y juiciosa. Habló mucho del Dr. Davis, pero Winterbourne le hizo el cumplido de decirse a sí mismo que, después de todo, no era una gansa tan monstruosa. «Daisy habló de usted el otro día», le dijo. «La mitad de las veces no sabe lo que dice, pero esa vez creo que sí lo sabía. Me dio un mensaje que me dijo que le dijera. Me dijo que le dijera que nunca estuvo prometida a ese italiano tan guapo. Sin duda estoy muy contenta por ello; Mr. Giovanelli no se ha acercado a nosotros desde que ella enfermó. Pensaba que era todo un caballero; ¡pero yo no llamo a eso ser muy cortés! Una dama me dijo que temía que yo estuviera enfadada con él por llevar a Daisy de paseo por la noche. Bueno, así es, pero supongo que él sabe que soy una dama. Desdeñaría regañarle. De todos modos, dice que no está prometida. No sé por qué quería que usted lo supiera, pero me dijo tres veces: "No olvides decírselo a Mr. Winterbourne". Y luego me dijo que le preguntara si recordaba la vez que fue a ese castillo en Suiza. Pero le dije que no le daría ningún mensaje de ese tipo. Sólo que, si no está prometida, me alegra saberlo».

Pero, como había dicho Winterbourne, importaba muy poco. Una semana después de esto, la pobre muchacha murió; había sido un caso terrible de fiebre. La tumba de Daisy estaba en el pequeño cementerio protestante, en un ángulo de la muralla de la Roma imperial, bajo los cipreses y las espesas flores primaverales. Winterbourne estaba de pie junto a ella, con otros dolientes, un número mayor del que el escándalo suscitado por la carrera de la joven habría hecho esperar. Cerca de él estaba Giovanelli, que se acercó aún más antes de que Winterbourne se diera la vuelta. Giovanelli estaba muy pálido: en esta ocasión no llevaba ninguna flor en el ojal; parecía desear decir algo. Por fin dijo: «Era la

beautiful young lady I ever saw, and the most amiable;" and then he added in a moment, "and she was the most innocent."

Winterbourne looked at him and presently repeated his words, "And the most innocent?"

"The most innocent!"

Winterbourne felt sore and angry. "Why the devil," he asked, "did you take her to that fatal place?"

Mr. Giovanelli's urbanity was apparently imperturbable. He looked on the ground a moment, and then he said, "For myself I had no fear; and she wanted to go."

"That was no reason!" Winterbourne declared.

The subtle Roman again dropped his eyes. "If she had lived, I should have got nothing. She would never have married me, I am sure."

"She would never have married you?"

"For a moment I hoped so. But no. I am sure."

Winterbourne listened to him: he stood staring at the raw protuberance among the April daisies. When he turned away again, Mr. Giovanelli, with his light, slow step, had retired.

Winterbourne almost immediately left Rome; but the following summer he again met his aunt, Mrs. Costello at Vevey. Mrs. Costello was fond of Vevey. In the interval Winterbourne had often thought of Daisy Miller and her mystifying manners. One day he spoke of her to his aunt—said it was on his conscience that he had done her injustice.

"I am sure I don't know," said Mrs. Costello. "How did your injustice affect her?"

"She sent me a message before her death which I didn't understand at the time; but I have understood it since. She would have ap-

joven más hermosa que he visto, y la más amable»; y añadió tras una pausa, «y era la más inocente».

Winterbourne le miró y al momento repitió sus palabras: «¿Y la más inocente?».

«¡La más inocente!».

Winterbourne se sintió dolorido y furioso. «¿Por qué demonios», preguntó, «la llevó a ese lugar fatal?».

La urbanidad de Mr. Giovanelli era aparentemente imperturbable. Miró al suelo un momento y luego dijo: «No tenía miedo por mí; y ella quería ir».

«¡Esa no era razón!», declaró Winterbourne.

El sutil romano volvió a bajar los ojos. «Si ella hubiera vivido, yo no habría conseguido nada. Nunca se habría casado conmigo, estoy seguro».

«¿Nunca se habría casado con usted?».

«Por un momento lo esperé. Pero no. Estoy seguro».

Winterbourne le escuchó: se quedó mirando la cruda protuberancia entre las margaritas de abril. Cuando se volvió de nuevo, Mr. Giovanelli, con su paso ligero y lento, se había retirado.

Winterbourne abandonó Roma casi de inmediato; pero al verano siguiente volvió a encontrarse con su tía, Mrs. Costello, en Vevey. A Mrs. Costello le gustaba Vevey. En el intervalo, Winterbourne había pensado a menudo en Daisy Miller y en sus desconcertantes modales. Un día le habló de ella a su tía y le dijo que le remordía la conciencia por haber sido injusto con ella.

«Estoy segura de que no sé», dijo Mrs. Costello. «¿Cómo le afectó a ella tu injusticia?».

«Me envió un mensaje antes de su muerte que no entendí en su momento; pero lo he comprendido desde entonces. Ella habría apreciado

preciated one's esteem."

"Is that a modest way," asked Mrs. Costello, "of saying that she would have reciprocated one's affection?"

Winterbourne offered no answer to this question; but he presently said, "You were right in that remark that you made last summer. I was booked to make a mistake. I have lived too long in foreign parts."

Nevertheless, he went back to live at Geneva, whence there continue to come the most contradictory accounts of his motives of sojourn: a report that he is "studying" hard—an intimation that he is much interested in a very clever foreign lady.

la estima que uno pudiera darle».

«¿Es una forma modesta», preguntó Mrs. Costello, «de decir que ella habría correspondido al afecto de uno?».

Winterbourne no ofreció ninguna respuesta a esta pregunta; pero enseguida dijo, «Tenía usted razón en ese comentario que hizo el verano pasado. Yo estaba destinado a cometer un error. He vivido demasiado tiempo en el extranjero».

Sin embargo, volvió a vivir en Ginebra, de donde siguen llegando los relatos más contradictorios sobre los motivos de su estancia: un informe de que está «estudiando» mucho... una insinuación de que está muy interesado en una dama extranjera muy inteligente.

ROSETTA EDU

CLÁSICOS EN ESPAÑOL

Esperamos que haya disfrutado esta lectura. ¿Quiere leer otra obra de nuestra colección de *Clásicos en español*?

En nuestro Club del Libro encontrarás artículos relacionados con los libros que publicamos y la literatura en general. ¡Suscríbete en nuestra página web y te ofrecemos un ebook gratis por mes!

Recibe tu copia totalmente gratuita de nuestro *Club del libro* en rosettaedu.com/pages/club-del-libro

ROSETTA EDU

CLÁSICOS EN ESPAÑOL

Una habitación propia se estableció desde su publicación como uno de los libros fundamentales del feminismo. Basado en dos conferencias pronunciadas por Virginia Woolf en colleges para mujeres y ampliado luego por la autora, el texto es un testamento visionario, donde tópicos característicos del feminismo por casi un siglo son expuestos con claridad tal vez por primera vez.

Oscar Wilde escribe una sola novela, *El retrato de Dorian Gray*; ésta fue el objeto de una crítica moralizante mordaz por parte de sus contemporáneos que no pudieron ver que dentro de una trama perfectamente compuesta se escondía toda la tragedia del romanticismo. Cien años después no ha perdido su impacto original y sigue siendo un texto fundamental para los debates sobre la estética y la moral.

Otra vuelta de tuerca es una de las novelas de terror más difundidas en la literatura universal y cuenta una historia absorbente, siguiendo a una institutriz a cargo de dos niños en una gran mansión en la campiña inglesa que parece estar embrujada. Los detalles de la descripción y la narración en primera persona van conformando un mundo que puede inspirar genuino terror.

rosettaedu.com

ROSETTA EDU

EDICIONES BILINGÜES

En una atmósfera constante de misterio y amenaza, *El corazón de las tinieblas* narra el peligroso viaje de Marlow por un río (sin duda el Congo aunque no es nombrado en el relato) africano. Lo que el marino puede observar en su viaje le horroriza, le deja perplejo, y pone en tela de juicio las bases mismas de la civilización y la naturaleza humana.

Durante décadas, y acercándose a su centenario, *El gran Gatsby* ha sido considerada una obra maestra de la literatura y candidata al título de «Gran novela americana» por su dominio al mostrar la pura identidad americana junto a un estilo distinto y maduro. La edición bilingüe permite apreciar los detalles del texto original y constituye un paso obligado para aprender el inglés en profundidad.

En *La señora Dalloway* Virginia Woolf relata un día en la vida de Clarissa Dalloway, una señora de la clase alta casada con un miembro del parlamento inglés, y de un ex-combatiente que lucha contra su enfermedad mental. La innovación de la novela es la corriente de consciencia: Woolf sigue el pensamiento de cada personaje, siendo excelente a la hora de narrar emociones, asociaciones y sentimientos.

rosettaedu.com

Printed in Great Britain
by Amazon

46747325R00081